Caterina et le duc

BARBARA

CARTLAND

Caterina et le duc

Traduit de l'anglais
par Marie-Noëlle Tranchart-Stainer

J'AI LU

POUR elle

Titre original
A SACRIFICE FOR LOVE

NOTE DE L'AUTEUR

L'action de ce roman se situe en 1879. L'année précédente, les Russes avaient marché sur Constantinople. Le but avoué du tzar était de faire de cette ville le centre chrétien du monde.

L'armée russe était déjà arrivée à Alexandrie, qui se trouvait à plusieurs centaines de kilomètres de Constantinople. Pourtant, à Londres, au ministère des Affaires étrangères, on ne s'inquiétait pas outre mesure, car le tzar Alexandre avait assuré qu'aucune modification de frontière ne pourrait être envisagée sans être soumise au préalable à un congrès européen.

La reine Victoria voyait cependant les choses différemment. Depuis des mois, elle essayait de persuader son cabinet du danger imminent.

— Il ne s'agit pas simplement de la Turquie, répétait-elle, mais de savoir qui, des Russes ou des Anglais, exercera la suprématie dans le monde.

À un moment donné, sa colère était telle qu'elle menaça même d'abdiquer.

« Si l'Angleterre doit un jour se prosterner aux pieds de la Russie, écrivit-elle à M. Disraeli, son Premier ministre, sachez que, ce jour-là, vous n'aurez plus de reine pour accepter une telle humiliation. »

Elle télégraphia au tzar Alexandre II en le pressant d'arrêter les combats.

« Le commandant en chef de mes armées connaît les conditions sous lesquelles une suspension des hostilités peut être envisagée », lui répondit assez énigmatiquement l'empereur de toutes les Russies.

« Si la reine était un homme, écrivit Sa Majesté à lord Beaconsfield, elle irait donner à ces horribles Russes auxquels on ne peut pas faire confiance la leçon qu'ils méritent bien ! »

Elle envoya ensuite une lettre à sa fille :

« Ah, si les Anglais étaient aujourd'hui ce qu'ils étaient hier ! Mais quoi qu'il en soit, nous devons affirmer nos droits, et notre devise doit rester celle-ci : "Jamais les Britanniques ne deviendront des esclaves." »

1

1879

Caterina terminait son petit déjeuner quand un domestique fit son entrée dans la salle à manger.

— Un messager vient d'apporter ceci, Altesse. Il attend la réponse.

— Merci.

Caterina s'empressa de décacheter la longue enveloppe que le valet lui avait présentée sur un plateau d'argent.

Ce fut en fronçant les sourcils qu'elle déchiffra ce texte plus que laconique :

Il faut absolument que je te voie. Je t'en prie, ma chère Caterina, viens vite !

Henriet

La jeune fille n'hésita pas.

— Dites au messager que je me rendrai au palais d'Istria dans les plus brefs délais.

Le domestique s'inclina.

— Très bien, Altesse.

Restée seule, Caterina se demanda pourquoi son amie, la princesse Henriet d'Istria, la demandait d'urgence. Il fallait forcément qu'il y ait une bonne raison... Car même si Henriet avait tendance à s'affoler pour un rien, elle était en général capable de résoudre ses propres problèmes sans faire appel à qui que ce soit.

Sans perdre de temps, Caterina monta dans sa chambre. Elle savait déjà qu'elle serait obligée de passer au moins une nuit à Istria. Il lui fallait donc prévoir ses bagages en conséquence.

Elle sonna sa femme de chambre et lui demanda de les préparer.

— Combien de temps Votre Altesse pense-t-elle rester absente ?

— Je serai certainement de retour demain. Mais sait-on jamais ? À tout hasard, prévoyez le nécessaire pour quelques jours.

— Je m'occupe tout de suite de cela, Altesse.

Caterina s'assit ensuite devant son secrétaire et se mit en devoir d'écrire à son père. Ce dernier était allé passer la semaine à Vienne, et la jeune fille était certaine de rentrer avant lui. Elle jugeait cependant plus sage de lui expliquer qu'elle partait pour Istria, où son amie Henriet la réclamait d'urgence.

Puis, après avoir commandé une voiture, elle troqua sa robe en mousseline contre un ensemble de voyage d'un bleu très doux. Elle jeta un coup d'œil machinal dans la glace pour vérifier si son chapeau orné de myosotis et de rubans était posé bien d'aplomb sur ses cheveux blonds.

Avec ses grands yeux d'azur et son visage en forme de cœur, la jeune fille était ravissante.

Elle ressemblait à sa mère, qui, en son temps, avait été l'une des plus jolies débutantes de la cour d'Autriche. Les fiançailles de celle-ci avec le prince Otto de Theiss avaient étonné tout le monde, car elle aurait pu faire un mariage beaucoup plus brillant. Mais l'amour se commandait-il ? Jusqu'à ce qu'une mauvaise grippe l'emporte au cours d'un hiver particulièrement rigoureux, elle avait été très heureuse au palais de Theiss, entre un mari aimant et la petite fille qui leur était née après deux ans de mariage.

Certes, le prince aurait bien voulu avoir un fils. Mais après la naissance de Caterina, les médecins lui avaient dit que la santé délicate de sa femme lui interdisait d'avoir d'autres enfants.

Ce serait donc à Karl de Theiss, le neveu du prince, un jeune homme intelligent et avisé, que reviendrait un jour la couronne de cette petite principauté.

La défunte princesse, qui avait un sens inné de la décoration, avait réussi à transformer un palais compassé en un endroit délicieux où il faisait bon vivre. Quant au parc, ce n'était, dès les premiers jours du printemps, qu'une masse de fleurs.

Le prince Otto avait été désespéré par la mort de celle qu'il adorait.

Quant à Caterina, elle avait très vite compris qu'il lui fallait désormais tenter de remplacer de son mieux la défunte, ce qui représentait une lourde tâche pour une adolescente d'à peine seize ans qui n'avait pas encore terminé ses études.

Tout en continuant à suivre des cours avec les professeurs qui venaient chaque jour au palais, elle se mit en devoir de remplir le rôle de maîtresse de maison qui était désormais le sien.

Outre l'allemand, sa langue maternelle, elle parlait couramment et sans accent le français, l'anglais et l'italien. Cela lui permettait de recevoir les diplomates ou les dignitaires étrangers qui venaient rendre visite à son père.

Il s'agissait d'une existence assez inhabituelle pour une jeune fille. Mais Caterina ne s'en plaignait pas. Cela l'intéressait de discuter sur un pied d'égalité avec d'importants hommes d'État. Alors que les demoiselles de son âge ne songeaient qu'à flirter ou à danser, elle s'entretenait de politique, d'affaires étrangères, d'art ou de littérature avec des messieurs chenus. Et, chaque matin, elle ne manquait jamais de lire les quotidiens afin de se tenir au courant des derniers événements.

La jeune princesse avait très vite acquis une réputation de grande sagesse. Souvent, les habitants de la principauté de Theiss venaient lui demander conseil. Et il en allait de même pour Henriet d'Istria...

Dans la berline de voyage tirée par quatre superbes chevaux qui faisait route vers la principauté d'Istria, Caterina se demanda une fois de plus ce que pouvait bien lui vouloir son amie.

Peut-être avait-on demandé sa main ? Henriet avait déjà été courtisée par plusieurs jeunes gens et on lui prédisait un très beau mariage.

Cela la faisait rire.

— Je me moque complètement du titre ou de la fortune de mon futur mari, disait-elle. J'ai bien l'intention d'épouser celui que j'aimerai, qu'il soit monarque ou balayeur.

Caterina, qui était entièrement de son avis, hochait la tête.

— L'amour doit passer avant tout le reste, disait parfois ma mère. Elle avait raison !

— Ô combien !

Après avoir traversé la ville portuaire d'Istria, la voiture franchit d'impressionnantes grilles en fer forgé et arriva dans une immense cour pavée au bout de laquelle on apercevait le palais, dont le soleil éclairait la façade altière.

Henriet devait guetter son amie, car dès que le cocher arrêta l'attelage devant le perron, elle dévala les marches en courant.

Les deux jeunes filles s'embrassèrent amicalement.

— Comme tu es gentille d'être venue si vite ! s'exclama Henriet. J'avais peur que tu ne me répondes que tu avais des obligations...

— T'ai-je jamais dit cela ? Chaque fois que tu me l'as demandé, je me suis toujours arrangée pour accourir auprès de toi, toutes affaires cessantes.

— C'est vrai, admit Henriet. Je sais pouvoir compter sur toi, quoi qu'il arrive !

Caterina dissimula un sourire.

— Et que se passe-t-il donc, cette fois ?

Henriet regarda autour d'elle avec inquiétude.

— Pas un mot maintenant... fit-elle très bas. Attends que nous soyons seules. Afin de donner le change à mon père, j'ai prétendu vouloir organiser une fête et avoir besoin de ton avis pour choisir les invités. Viens...

Elle emmena son amie dans ses appartements privés du premier étage.

— Ici, nous serons tranquilles, dit-elle en ouvrant la porte d'un salon dont les fenêtres donnaient sur le parc et le lac.

Caterina connaissait si bien cette pièce qu'elle s'y sentait comme chez elle.

— Je suis contente de me retrouver ici... et de te revoir, ma chère Henriet, dit-elle avec chaleur.

— Moi aussi. Mais si tu savais...

Caterina regarda son amie avec inquiétude.

— Tu sembles bouleversée.

— Bouleversée ? Le mot est encore trop faible.

— Que se passe-t-il donc ?

— Tu es la seule à qui je peux parler en toute franchise. Tu es aussi la seule à pouvoir m'aider...

— Je ne demande que cela, tu le sais.

Après un silence, Caterina ajouta :

— Si du moins c'est dans la limite de mes possibilités.

Henriet fit asseoir son amie sur un confortable canapé tapissé de velours vieux rose.

— Ma chère Caterina, je suis amoureuse! déclara-t-elle à mi-voix.

— Oh, c'est merveilleux! Quelle bonne nouvelle! Comme je suis contente pour toi! Qui est l'heureux élu?

Henriet soupira.

— Voilà le problème.

— Laisse-moi deviner... Il ne t'aime pas?

— Il m'adore. Mais jamais mon père ne me permettra de l'épouser.

— Pourquoi?

— Celui dont je suis amoureuse n'est autre que Fritz Hofer, un séduisant officier du régiment de mon père. Il est possible que tu aies fait sa connaissance lors de l'un de tes séjours à Istria...

— En effet. Je vois parfaitement de qui tu veux parler. Fritz Hofer est un très bel homme et je comprends que tu sois tombée amoureuse de lui.

— Oui, il est très beau! s'exclama Henriet avec ferveur. En plus de cela il est intelligent, cultivé, compréhensif, gentil... Oh, si gentil!

Caterina hocha la tête d'un air soucieux. Son amie n'avait pas besoin de lui en dire davantage... Déjà, elle avait deviné que Henriet allait avoir toutes les peines du monde à convaincre son père de lui permettre d'épouser celui qu'elle aimait.

Car le commandant Fritz Hofer n'était qu'un simple officier... Or le prince d'Istria avait certainement d'autres projets pour sa fille.

— En effet, te voilà devant un gros problème, murmura Caterina.

— Ce n'est pas tout, hélas!

Henriet s'essuya les yeux avec un petit mouchoir en dentelle.

— Je me retrouve dans une situation terrible...

— Je comprends. Ton père a refusé que tu épouses celui que tu aimes ?

— Je n'ai même pas eu le temps de lui parler de Fritz.

— Dans ce cas, pourquoi ce drame ?

— Oh, si tu savais, Caterina ! Si tu savais...

D'une voix entrecoupée de sanglots, Henriet enchaîna :

— Mon... mon père veut que je devienne la femme d'un homme que je n'ai jamais vu.

Stupéfaite, Caterina jugea inutile de poser d'autres questions. Elle se contenta d'attendre la suite.

— Un... un Anglais, fit Henriet entre deux sanglots.

De nouveau, elle s'essuya les yeux.

— Un duc.

Cette fois, Caterina ne put s'empêcher de manifester son étonnement.

— Un duc ? Un simple duc ?

Henriet ne put s'empêcher de rire entre ses larmes.

— Tu connais de « simples ducs », toi ?

— Il s'agit d'une manière de parler. Vois-tu, j'aurais pensé que ton père envisageait pour toi un mariage avec un prince régnant ou même un roi.

— Le duc de Dunlerton fait partie de la famille royale britannique.

— Ah !

— Sa mère n'était autre que la princesse Lillian de Saxe-Cobourg, une cousine du prince Albert.

— Le prince Albert de Saxe-Cobourg ? Le prince consort de Sa Majesté la reine Victoria ?

— C'est cela.

— Par conséquent, le duc de Dunlerton est parent par alliance de la reine d'Angleterre ?

— Peuh ! Et alors ?

Henriet tapa du pied comme une enfant capricieuse.

— Je m'en moque, qu'il soit cousin de la reine !

La réaction puérile de son amie agaça Caterina.

— Je t'en prie, ne te mets pas en colère !

En haussant les épaules, elle ajouta :

— Crois-tu que cela peut servir à quelque chose ?

Henriet parut confuse.

— Excuse-moi. Mais je suis dans un état...

— Laisse-moi essayer de comprendre... Donc, ton père souhaiterait que tu épouses le duc de Dunlerton. Ce dernier t'a-t-il demandée en mariage ?

— Pas encore.

— Tu t'affoles peut-être sans raison.

— Hélas, non ! Figure-toi que ce mariage a été arrangé par l'empereur d'Autriche qui souhaite resserrer les liens entre son pays et l'Angleterre.

Caterina commençait à comprendre la situation. Après un silence, elle demanda :

— Comment as-tu appris tout cela ?

— Mon père m'a mise au courant ce matin de ce qui se tramait. Il paraît que le duc est déjà en route... Il devrait arriver demain pour me demander en mariage.

Henriet mit son mouchoir dans sa poche. Elle ne pleurait plus, et ce fut d'une voix relativement ferme qu'elle déclara :

— L'empereur François-Joseph et la reine Victoria estiment que ce mariage serait une bonne chose pour leurs deux pays.

Avec amertume, elle ajouta :

— Quant à moi, je ne compte pas ! Je ne suis qu'un pion dans tout cela !

Caterina enveloppa son amie d'un regard pensif.

— C'est ce qui arrive souvent quand de grands intérêts sont en jeu... murmura-t-elle.

— Je ne veux pas épouser ce duc anglais ! J'aime Fritz ! Je l'aime de tout mon cœur et de toute mon âme. Et il m'aime, lui aussi... Il m'aime vraiment, il m'aime pour moi, pas parce que je suis une princesse.

— Comment vous arrangez-vous pour vous voir sans que ton père se rende compte de quoi que ce soit ? demanda Caterina avec curiosité.

— Rien de plus facile... Étant donné que, jusqu'à présent, personne ne se doute de rien, j'ai pu rencontrer Fritz tous les jours.

Le joli visage d'Henriet se crispa.

— J'ignorais qu'une terrible menace pesait sur moi. Je me disais que j'avais tout le temps du monde pour trouver les arguments qu'il fallait afin de convaincre mon père que Fritz était l'homme de ma vie...

Elle se tordit les mains.

— Et brusquement, tout s'est précipité...

Avec désespoir, elle demanda :

— Que puis-je faire, maintenant que la reine d'Angleterre et l'empereur d'Autriche ont décidé que je devais épouser quelqu'un d'autre ?

Caterina soupira.

— Il est certain que te voilà dans une position bien difficile.

Elle alla embrasser son amie.

— Pauvre Henriet... reprit-elle. Je ne demande qu'à t'aider, mais, pour l'instant, j'avoue que le problème me semble insoluble.

— Réfléchis, je t'en supplie !

— C'est ce que je fais... Bien sûr, il te serait impossible de refuser la demande en mariage du duc de Dunlerton ?

— Quand Leurs Majestés organisent quelque chose, il est bien difficile d'aller contre !

— Je suppose que ton union avec un cousin de la reine Victoria n'a pas d'autre but que de mettre la principauté d'Istria sous la protection britannique ?

— C'est bien cela.

— Nous savons tous que les Russes causent beaucoup de troubles dans les Balkans...

— Nous ne sommes pas dans les Balkans ! protesta Henriet en haussant les épaules.

— Soit, mais nous n'en sommes pas loin. Et l'appétit des Russes est sans limites !

Henriet, qui ne s'était jamais beaucoup intéressée à la politique, haussa les épaules.

— Je me moque des Balkans, des Russes, de l'empereur François-Joseph et même de Sa Majesté la reine Victoria !

— Henriet ! fit Caterina d'un ton grondeur.

— C'est vrai, je m'en moque parfaitement, insista la jeune fille. Mon propre sort m'importe beaucoup plus.

— Je comprends que tu sois inquiète...

— Pourquoi devrais-je me sacrifier ?

Caterina soupira.

— Honnêtement, je ne vois pas ce que nous pourrions faire. As-tu dit à ton père que tu ne souhaitais pas épouser un homme que tu n'avais encore jamais vu ?

— Je n'en ai eu ni le temps ni le courage. C'est l'empereur lui-même qui a fait appeler mon père à la Cour pour le mettre au courant de ce projet. Mon père était tellement heureux de m'annoncer cela qu'il n'a même pas songé à me demander mon avis.

— Pauvre Henriet...

Caterina plaignait sincèrement son amie.

— Qui aurait jamais pensé que tu te retrouverais dans une pareille situation ?

— Il faut que tu viennes à mon secours. Je ne peux pas, je ne veux pas épouser cet homme. Si l'on m'y oblige, je… je me tuerai.

— Ne dis pas de choses pareilles, je t'en supplie.

— J'aime Fritz, et je n'ai pas d'autre rêve que celui de passer le reste de ma vie à ses côtés. Je serais bien plus heureuse avec lui dans une chaumière plutôt que dans les châteaux du duc de Dunlerton.

Elle frissonna.

— C'est bien simple, je ne pourrais pas supporter qu'un homme autre que Fritz me touche. Si cela devait arriver, il ne me resterait plus qu'à…

Comprenant qu'elle allait encore menacer de se suicider, Caterina s'empressa de l'interrompre.

— Chut !

— Mon Dieu, que puis-je faire ?

Estimant que les grandes crises de désespoir ne servaient à rien, Caterina posa une question d'ordre pratique :

— Quand doit venir le duc ?

— Demain, te dis-je ! Et il aurait déjà averti qu'il désirait que le mariage ait lieu dans les plus brefs délais !

— Aïe ! Pourquoi est-il si pressé ?

— Il a hâte de retourner en Angleterre. Il paraît que c'est l'un des conseillers les plus écoutés de la reine et qu'il lui aurait promis de revenir très vite.

Henriet fondit en larmes avant d'ajouter :

— Avec moi !

— Ton mariage serait donc célébré dans les jours à venir si nous n'arrivons pas à trouver de parade. Mais ne t'inquiète pas, nous y parviendrons ! promit Caterina avec une assurance qu'elle était loin de ressentir.

Tout en sanglotant de plus belle, Henriet déclara :

— Mon père m'a dit que je devais m'occuper de mon trousseau sans perdre un instant. C'est terrible ! Je voudrais me cacher dans un trou de souris ! Je voudrais fuir ! Je voudrais... mourir !

Caterina la prit dans ses bras et la berça comme une enfant.

— Cela ne sert à rien de pleurer. Il faut au contraire que tu fasses appel à tout ton sang-froid pour découvrir le moyen d'échapper à ce piège. Il doit bien exister une issue quelconque...

— La fuite. Fritz est prêt à partir avec moi.

— Vous mourrez de faim ! Vivre d'amour et d'eau fraîche dans une chaumière, c'est bien joli... mais je crains que cela ne résiste pas à l'épreuve du temps.

Henriet s'essuya les yeux.

— Lorsque je parlais de chaumière, il s'agissait d'une image. Fritz possède une assez belle fortune et nous n'aurons jamais de difficultés matérielles.

— Voilà au moins un point positif.

— Mais si nous fuyons ensemble, nous ne pourrons pas rester à Istria ni même en Autriche. Il faudra que nous allions nous installer à l'étranger.

— Cela t'ennuierait-il ?

— Non, cela ne me dérangerait pas. Et Fritz est prêt, lui aussi, à aller vivre dans un autre pays. En Allemagne, en France ou en Italie... n'importe où ! Je le suivrai où il voudra, sauf en Angleterre ! Je craindrais trop d'y rencontrer le duc de Dunlerton !

— Tu crois donc que la solution, c'est la fuite ? demanda Caterina.

Elle secoua la tête.

— Mais non ! Tu ne peux pas disparaître du jour au lendemain. Songe au scandale qui s'ensuivrait !

— Tant pis !

Henriet parut soudain au bord de la crise de nerfs.

— Je partirai avec Fritz avant que cet horrible duc ne me passe la bague au doigt !

Caterina contempla son amie sans mot dire.

— Cela ne sert à rien de pleurer, déclara-t-elle enfin. Cela ne sert à rien non plus de se mettre dans un tel état et de menacer de fuir, de se suicider… que sais-je encore ?

— Je voudrais bien te voir à ma place !

Ignorant l'interruption, Caterina poursuivit :

— Ce qu'il faut, c'est réfléchir posément, examiner le problème sous tous ses angles et…

— Tu ne connais pas mon père ! Si je lui dis que je refuse d'épouser le duc, il m'y forcera, même s'il doit me traîner à l'autel pieds et poings liés…

— Tu exagères ! J'imagine mal oncle Adolphus te traitant de la sorte.

— Il n'hésiterait pas. Mon père est le plus autoritaire des hommes. Jamais il n'a pu supporter la contradiction. Jusqu'à présent, cela ne m'a guère coûté de me montrer docile. Mais cette fois… non !

Caterina se leva en soupirant et s'approcha de l'une des fenêtres. Sans vraiment le voir, elle contempla le parc et le lac que les rayons du soleil couchant teintaient de pourpre.

Elle n'ignorait pas que les petites principautés comme l'Istria pouvaient être tout aussi menacées que celles des Balkans. L'appétit des Russes semblait sans limites… Ils ne craignaient que l'Angleterre et sa puissante armée. C'était pour cela que de nombreux monarques des Balkans avaient fait appel à Sa Majesté la reine Victoria. Celle-ci avait trouvé une parade fort intelligente : elle avait donné en mariage à certains souverains de jeunes princesses anglaises de sang royal. Ce qui signifiait que dès la célébration du mariage, l'État en question se trouvait sous la protection britannique. Et les Russes, qui tenaient avant tout à éviter un conflit direct avec les Anglais, n'essayaient plus de s'en emparer.

Et voilà que maintenant, l'empereur François-Joseph encourageait, lui aussi, les petites principautés voisines de l'Autriche à tisser des liens avec l'Angleterre...

Oui, la pauvre Henriet était devenue un pion entre les mains des puissants de ce monde. Et Caterina avait beau chercher, elle ne voyait vraiment pas comment son amie parviendrait à échapper au sort qui l'attendait.

— En admettant que tu te fâches avec ton père et que tu sois obligée de quitter le palais, le commandant Fritz Hofer voudra-t-il toujours de toi ? demanda-t-elle.

— Évidemment ! Quelle question ! Il m'a déjà proposé de fuir avec lui...

— Ah !

— Mais il y a là un autre problème. Si nous partons ensemble, mon père sera tellement furieux qu'il donnera l'ordre de rechercher Fritz et de le ramener mort ou vif. Il peut être jugé comme déserteur... et fusillé.

La situation se compliquait d'instant en instant. Caterina avait l'impression de se trouver devant un tunnel très sombre dont elle ne voyait pas le bout.

« Je crains fort qu'il n'y ait pas de solution, pensa-t-elle. Mais comment pourrais-je dire cela à Henriet ? »

— Que faire ? redemanda cette dernière avec désespoir. Jamais je n'aurais imaginé me retrouver un jour au cœur d'un drame pareil !

— Pas d'affolement. Nous avons tout de même quelques jours devant nous...

— Combien ? Je l'ignore.

— Le duc de Dunlerton sera là demain, m'as-tu dit ?

— C'est cela.

— Pour le moment, je peux seulement te suggérer de faire sa connaissance.

Après un instant d'hésitation, Caterina ajouta :

— Peut-être ne le trouveras-tu pas aussi déplaisant que tu le crois ?

Cette suggestion amena une exclamation choquée aux lèvres d'Henriet.

— Comment peux-tu me dire une chose pareille ? Le duc de Dunlerton pourrait être le plus séduisant, le plus agréable des hommes... je ne lui accorderais pas un seul regard ! C'est Fritz que j'aime.

Caterina continuait à réfléchir.

« Henriet est une personne très entière. Très impulsive, aussi... Jamais elle ne fera de concessions. Je la connais. Plutôt que de devoir épouser celui qu'on a choisi à son intention, elle préférera mourir. D'ailleurs, elle a déjà menacé de se tuer... Je ne peux pas la laisser attenter à sa vie ! »

Il lui sembla soudain apercevoir une faible lumière au bout du tunnel.

— J'ai une petite idée ! déclara-t-elle. Quant à savoir ce qu'elle vaut...

— Dis vite !

— Donc, nous sommes censées, demain, faire la connaissance du duc de Dunlerton... commença-t-elle.

— J'aimerais mieux mourir plutôt que de...

— Cesse de parler ainsi ! coupa Caterina avec sévérité. Cela ne nous mène à rien.

Henriet rougit.

— Pardon... fit-elle, penaude.

— Je te disais que j'avais une petite idée, reprit Caterina.

— Oui ?

— Dès que nous verrons le duc, nous tâcherons de savoir quelle est son opinion au sujet de ce mariage…

— Peuh ! Si tu crois que cela m'intéresse ! s'exclama Henriet avec dédain.

— Attends un peu avant de pousser des cris d'orfraie ! Après tout, peut-être n'a-t-il aucune envie de t'épouser ? Et si, de son côté, il était amoureux ?

Une lueur d'espoir brilla dans les yeux pleins de larmes d'Henriet.

— Et alors, d'un commun accord, nous déciderions que nous ne sommes pas faits l'un pour l'autre ?

— Exactement. À deux, vous auriez beaucoup plus de poids pour contrer les décisions des têtes couronnées. Le duc peut très bien devenir ton allié.

— Ce serait une solution idéale !

— Si tu veux, j'essaierai de l'interroger adroitement.

— Merci, Caterina ! Merci de tout cœur !

— Rien n'est encore fait. Mais il y a peut-être là une porte de sortie…

À vrai dire, la jeune fille en doutait, même si elle s'efforçait de paraître confiante.

« Si le duc a accepté de venir à Istria, c'est bien évidemment à la demande de la reine Victoria. Et les désirs de Sa Majesté sont des ordres… »

Sur ces entrefaites, on frappa à la porte. En proie à une soudaine terreur panique, Henriet bondit.

— Je ne veux pas que l'on sache que j'ai pleuré, s'écria-t-elle en courant vers sa chambre. Tu n'as qu'à dire que… que je ne suis pas visible pour le moment.

Sans attendre la réponse de son amie, elle s'enferma dans la pièce voisine.

— Entrez, dit Caterina quand on frappa de nouveau.

Un écuyer pénétra dans le salon et s'inclina devant la jeune fille.

— Je ne savais pas que vous étiez dans nos murs, Altesse.

— Je suis arrivée tout à l'heure.

— Son Altesse la princesse Henriet...

— Elle se repose dans sa chambre, coupa Caterina. Y a-t-il un message pour elle ?

— Oui, Altesse. Puis-je vous demander de bien vouloir le lui transmettre ?

— Volontiers.

— Son Altesse le prince Adolphus m'a chargé de prévenir sa fille de l'arrivée imminente du duc de Dunlerton. Il faudrait que la princesse Henriet soit dans le hall pour l'accueillir.

— Très bien, elle va descendre. Et je l'accompagnerai puisque je n'ai rien d'autre à faire ! ajouta Caterina en souriant.

Après le départ de l'écuyer, la jeune fille alla apprendre à son amie ce qui se passait.

— Non ! Oh, non !

Henriet parut soudain se rétrécir.

— Je ne veux pas le voir !

— Il le faut !

— Et puis il arrive un jour plus tôt que prévu !

— Il ne te reste plus qu'à faire contre mauvaise fortune bon cœur.

— Je ne veux pas le voir ! répéta Henriet.

— Ne dis pas de sottises. Sèche tes larmes, baigne ton visage à l'eau froide et tâche de sourire. Tu dois donner l'impression de ne pas avoir un seul souci au monde.

— C'est beaucoup me demander ! Comment pourrais-je donner le change ?

— Tout simplement en faisant appel à ta volonté.

— Je n'y arriverai pas.

— Il le faut ! déclara Caterina d'un ton sans réplique. Ton père ne doit à aucun prix te soupçonner de vouloir comploter avec le duc. Sinon, le petit espoir que nous avons là se trouvera irrémédiablement perdu.

Henriet se rendit enfin aux arguments de son amie.

— Tu as raison. Il n'empêche que je vais avoir bien du mal à…

Caterina l'interrompit.

— Un sourire ! Tâche de paraître heureuse de rencontrer le duc.

— Je le déteste !

Caterina haussa les épaules.

— Comment peux-tu parler ainsi alors que tu ne l'as encore jamais vu ? Au lieu de discuter, va vite t'arranger un peu. N'oublie pas que si ton père te soupçonnait de vouloir éviter ce mariage, il prendrait immédiatement des dispositions…

Henriet parut effrayée.

— Tu as raison. Pour éviter que je m'enfuie, il serait capable de m'enfermer à double tour jusqu'au jour de la cérémonie !

Elle alla mouiller un gant de toilette et le posa sur ses yeux gonflés.

— J'adresserai le plus beau de mes sourires à cet horrible duc, promit-elle. Mais je t'assure que si j'avais mon libre arbitre, je prendrais mes jambes à mon cou pour aller rejoindre Fritz !

— Pas d'actions inconsidérées ! Si ton père se rend compte que tu t'intéresses à l'un de ses officiers, il s'arrangera pour t'empêcher de le voir. Il peut très bien envoyer Fritz en mission loin du palais. Ou le mettre aux arrêts sous le premier prétexte venu…

— Oh, mon Dieu ! Fritz en prison... Je ne pourrais pas le supporter.

Là-dessus, Henriet fit un faux mouvement et renversa de l'eau sur sa robe.

— Comme je suis maladroite ! Il faut que je me change maintenant. Mais si j'appelle ma femme de chambre, celle-ci saura que j'ai pleuré et, moins d'un quart d'heure plus tard, tous les domestiques seront au courant !

— Qu'à cela ne tienne ! Je vais t'aider.

Tout en passant la jolie toilette en soie rose que son amie avait sortie en hâte d'un placard, Henriet murmura :

— Je vais prier pour trouver le moyen d'échapper au duc et d'épouser Fritz.

— Surtout, que personne ne t'entende dire des choses pareilles !

— Si je pouvais mettre de la mort aux rats dans l'assiette du duc...

— Tu n'as pas honte, Henriet ?

— Pas du tout, rétorqua la jeune fille d'un air buté. Lui ai-je demandé de venir ici ? Lui ai-je demandé de m'épouser ?

— Je sais bien que non ! Mais tu dois absolument donner le change...

Caterina fronça les sourcils.

— Et il faut que tu mettes Fritz au courant de ce qui se passe !

— C'est fait. Je lui ai fait parvenir un message ce matin, mais il n'a pas encore pu me répondre. Il s'est contenté de me faire parvenir un superbe bouquet... Bien sûr, aucune carte ne l'accompagnait, mais je sais que c'est de sa part.

Caterina hocha la tête.

— Il a bien raison de se méfier !

Elle prit les mains de son amie.

— Tu me promets d'être raisonnable ? Reçois le duc aussi aimablement que... que si Fritz n'existait pas.

— J'essaierai, fit Henriet en soupirant. De ton côté, ma chère Caterina, fais appel à toutes les ressources de ton esprit et de ton imagination pour trouver la solution miraculeuse qui me permettra d'échapper au terrible sort qui m'attend.

Caterina se contenta de tapoter le bras de son amie d'un air encourageant en guise de réponse. Trouver une solution miraculeuse... Certes, elle l'aurait bien voulu ! Mais était-ce possible ?

Elle scruta le visage d'Henriet.

— Moi, je me rends compte que tu as pleuré. Cependant je ne crois pas que les autres s'en apercevront... N'oublie pas d'adresser au duc le plus radieux de tes sourires !

— Cela va être difficile ! J'aurais plutôt envie de lui tourner le dos en lui disant de retourner d'où il vient.

— Méfie-toi ! Si tu as des idées pareilles, il est capable de les deviner, fit Caterina en riant. Certaines personnes réussissent à lire les pensées des autres...

— Cela m'étonnerait qu'il soit aussi perspicace que cela ! C'est sûrement un homme complètement stupide. D'ailleurs, il faut qu'il le soit pour avoir accepté d'épouser une parfaite inconnue !

— Allons, viens ! Courage...

— Je vais en avoir bien besoin !

— Tu n'as qu'à penser que tu es sur scène et que tu joues la comédie.

— Je ferai de mon mieux, promit Henriet.

Toutes deux descendirent. Elles étaient encore dans l'escalier quand elles virent plusieurs personnages officiels se hâter vers le perron. Le prince

Adolphus d'Istria, qui arrivait lui aussi dans le hall, aperçut les deux jeunes filles.

— Tiens ! Caterina... Quelle bonne surprise !

Elle lui fit la révérence. Et quand elle se redressa, il l'embrassa affectueusement sur la joue.

— Tu es donc venue rendre une petite visite à Henriet ?

— Comme vous le voyez, oncle Adolphus.

En réalité, le prince d'Istria n'était pas son oncle, mais Caterina avait pris l'habitude de l'appeler ainsi depuis qu'elle était enfant.

— Comme va ton père, ma chère Caterina ?

— Très bien, merci, mon oncle. Comme toujours, il a beaucoup à faire...

— Je m'en doute ! Ma fille t'a-t-elle dit que nous attendions un visiteur important ?

— Mais oui, mon oncle.

Comme son amie s'était éloignée de quelques pas, Caterina jugea pouvoir déclarer à mi-voix :

— Henriet est un peu anxieuse, ce qui, étant donné les circonstances, est fort compréhensible...

— Bah !

À ce moment-là, une voiture précédée d'un petit détachement de cavalerie s'arrêta devant le perron. Le prince Adolphus s'avança.

— Voici notre hôte !

Henriet saisit la main de son amie comme elle aurait attrapé une bouée de sauvetage. Elle tremblait de tous ses membres.

— Courage ! chuchota Caterina.

2

On avait déroulé en hâte le tapis rouge sur les marches de marbre. Quelques écuyers affairés couraient en tous sens tandis que des sentinelles à l'allure impassible s'alignaient de chaque côté de l'entrée. Dès que l'élégante calèche que le prince Adolphus avait fait envoyer au port s'arrêta en bas du perron, un aide de camp s'empressa d'ouvrir la portière.

Le duc de Dunlerton descendit de voiture et le prince Adolphus s'avança pour saluer cet homme jeune à l'allure imposante.

— Non ! Oh, non ! fit Henriet d'une voix étouffée.

On aurait pu croire qu'elle voyait un monstre. Alors que, en toute honnêteté, Caterina devait reconnaître que celui que destinait le prince Adolphus à sa fille était fort séduisant. Grand, avec de larges épaules, un nez légèrement aquilin, un port de tête altier et un regard direct, il ne devait pas manquer de succès auprès des femmes ! Celles-ci aimaient les hommes sûrs d'eux. Or il suffisait de voir le duc de Dunlerton pour comprendre qu'il avait l'habitude de commander… et d'être obéi.

Caterina pressa la main de son amie.

— Courage !

Le prince Adolphus et son visiteur gravirent ensemble le perron.

— Ma fille Henriet… dit le prince.

En voyant la jeune fille plonger dans une profonde révérence avant de se relever en souriant, Caterina eut envie d'applaudir.

Le prince présenta ensuite à son visiteur les quelques personnages officiels qui se trouvaient là, avant d'en venir à Caterina.

— Voici la princesse Caterina de Theiss, la fille du prince Otto de Theiss. C'est la meilleure amie d'Henriet et nous sommes toujours heureux de recevoir sa visite.

Caterina ne jugea pas utile de faire la révérence au duc. Elle se contenta de lui serrer la main. Quand il la fixa droit dans les yeux, d'un regard pénétrant, elle eut soudain l'étrange impression qu'il cherchait à deviner ce qu'elle pensait.

Un peu mal à l'aise, elle détourna la tête. Elle n'avait pas oublié la conversation qu'elle avait eue avec Henriet un peu auparavant...

« En riant, je lui ai dit de se méfier, car le duc serait peut-être capable de lire dans son esprit comme dans un livre ouvert. Je plaisantais pour tenter de la dérider... Maintenant, je serais plutôt inquiète. Serait-il possible que cet homme possède ce don exceptïonnel ? »

Elle tenta de se persuader qu'elle se faisait des idées.

Le prince Adolphus, suivi de deux écuyers, proposa au duc de le conduire jusqu'à ses appartements.

— Volontiers, répondit-il.

Et, sans même saluer les deux jeunes filles, il leur tourna délibérément le dos pour se diriger vers l'escalier à double révolution qui menait aux chambres d'honneur.

Par courtoisie, le prince s'était adressé au duc en anglais, mais ce dernier lui avait répondu en allemand, ce qui ne manqua pas de surprendre Caterina.

« Je croyais que les Anglais ne faisaient aucun effort pour apprendre les langues étrangères. Le duc de Dunlerton représenterait donc l'exception à la règle ? À moins qu'il ne connaisse que quelques mots, qu'il place à bon escient pour impressionner ses interlocuteurs. »

Henriet s'accrocha au bras de son amie. Après l'effort qu'elle venait de fournir, elle était maintenant très pâle et paraissait presque sur le point de s'évanouir.

Caterina ne perdit pas une seconde.

— Viens ! Allons dans le parc pour pouvoir parler sans être dérangées.

Sans mot dire, Henriet la suivit.

Elles allèrent s'asseoir sur un banc près d'une fontaine dont les jets d'eau s'élevaient très haut dans le ciel avant de retomber dans le bassin de marbre en mille gouttelettes irisées.

Henriet se tordit les mains.

— Il est horrible !

— Tu es injuste. C'est un très bel homme !

— Eh bien, tu n'as qu'à l'épouser, toi ! lança Henriet d'un air boudeur.

— Ne fais pas l'enfant, je t'en supplie !

— Dès que je l'ai vu, je l'ai détesté. Écoute, c'est bien simple : quand il est sorti de sa voiture, j'ai cru voir le diable en personne !

— Henriet ! fit Caterina d'un ton grondeur.

— Le diable, te dis-je ! insista la jeune fille.

Avec détermination, elle poursuivit :

— S'il y a une chose dont je suis certaine, c'est que je ne deviendrai jamais sa femme. Plutôt mourir !

Caterina soupira.

— Ne te mets pas dans cet état, je t'en supplie !

— Ah, c'est facile à dire !

— Crois-tu que ce soit en faisant des crises de nerfs que tu réussiras à t'échapper du piège dans lequel tu te trouves enfermée ?

— Tu as promis de m'aider !

— Et je n'ai pas oublié ma promesse, ma chère Henriet, assura Caterina. Je n'arrête pas de chercher le moyen d'éviter ce mariage ! Mais je t'en supplie, tâche de ton côté de jouer ton rôle convenablement...

— Ne me suis-je pas bien comportée tout à l'heure ? J'ai adressé un grand sourire à cet horrible duc, alors que je lui aurais volontiers fait une grimace !

— Tu as été parfaite. Continue...

— Ah, c'est facile à dire !

— Méfie-toi, Henriet ! fit Caterina avec gravité. Car si ton père pouvait deviner que tu ne penses qu'à Fritz, il s'arrangerait pour que tu ne le voies plus jamais.

— Je ne peux pas vivre sans lui !

Caterina contempla son amie d'un air soucieux.

— Écoute, j'aimerais bien pouvoir m'entretenir avec Fritz. Est-ce possible ?

— Naturellement. Je dois justement le retrouver ce soir pour le mettre au courant des derniers développements de la situation. Tu n'auras qu'à m'accompagner.

— Il faudrait également que nous sachions si la date du mariage a été arrêtée.

— Mon père doit être en train de discuter de cela, fit Henriet avec amertume.

— Tu seras donc bientôt fixée.

— Je sais déjà que le duc ne veut pas perdre de temps.

— Comment le sais-tu ?

— Ma femme de chambre, qui est toujours au courant de tout, m'a appris que ma robe de mariée était déjà commandée, et que les couturières y travaillaient jour et nuit !

— La femme de chambre qui est au courant de tout... serait-ce Malca ?

— Naturellement. Comment pourrais-je me passer d'elle ? Elle est parfaite. Et elle m'adore ! Sais-tu qu'elle me connaît depuis que je suis bébé...

— Il me semble me souvenir que c'était ta nounou. Je me trompe ? demanda Caterina en souriant.

— Mais non ! Dès que j'ai eu l'âge d'avoir une femme de chambre, j'ai déclaré que je ne voulais personne d'autre que Malca. Pour une fois, mon père n'a pas élevé de difficultés. Entre nous, je crois qu'il s'en moquait...

— Malca est-elle au courant de ton idylle avec Fritz ?

— Je ne lui ai jamais rien caché, car je sais pouvoir compter sur sa discrétion absolue. Quant à son dévouement, il est sans faille !

Même si personne ne pouvait les entendre, Henriet baissa la voix.

— Cette nuit, nous irons toutes les deux voir Fritz. C'est là que l'aide de Malca est indispensable...

— Pourquoi ?

— Pour la bonne raison que sa chambre se trouve en bas, derrière le bureau du secrétaire. Et comme il faut sauter par la fenêtre, j'aime autant le faire du rez-de-chaussée plutôt que du premier étage !

— Il n'empêche que tu prends beaucoup de risques, remarqua Caterina.

Son amie lui adressa un sourire quelque peu supérieur.

— On voit bien que tu n'es pas amoureuse ! Quand on aime vraiment quelqu'un, on est prêt à tout.

Caterina demeura silencieuse. De tout son cœur, elle rêvait de rencontrer un jour l'amour, elle aussi. Mais elle espérait que ce serait dans des circonstances moins tragiques...

Henriet soupira.

— Tu sais, je ne vois qu'une solution : fuir avec Fritz.

— Vous serez vite retrouvés ! Ton père enverra toute son armée et toute sa police à vos trousses.

— Quelle horreur !

— Il faut trouver autre chose...

— Mais quoi ?

— C'est justement ce que je suis en train de chercher, ma chère Henriet. Mais c'est difficile !

« Pour ne pas dire impossible », ajouta Caterina intérieurement.

Son amie, qui ne cessait de regarder autour d'elle avec angoisse, chuchota :

— Chut, voilà un écuyer.

Ce dernier, après avoir traversé la pelouse, vint s'incliner devant elles.

— Son Altesse vous demande, Altesse, dit-il à Henriet.

— Où est Son Altesse ? Dans son bureau ?

— Non, Altesse. Son Altesse vous attend dans le grand salon blanc.

Le visage d'Henriet se crispa. Elle devinait sans peine que si son père se tenait dans l'une des pièces d'apparat du palais, c'était fort probablement parce qu'il se trouvait en compagnie de son visiteur.

Caterina, qui s'était fait le même raisonnement, demanda :

— Puis-je accompagner mon amie ? Je voudrais faire la connaissance du duc de Dunlerton.

L'écuyer hésita.

— Son Altesse n'a pas parlé de vous, Altesse, déclara-t-il enfin. Mais je suppose que si vous arrivez en compagnie de Son Altesse la princesse Henriet, personne ne pourra rien dire.

Caterina éclata de rire.

— Vous avez raison ! Viens, Henriet ! Allons là-bas toutes les deux.

Elle prit son amie par la main et l'entraîna vers le palais.

Lorsqu'elle sentit les doigts d'Henriet trembler sous les siens, elle l'exhorta au courage.

— Un sourire ! fit-elle tout bas. Tâche de te conduire comme si tu n'avais pas un seul souci au monde.

— Alors que j'ai envie de hurler, de sangloter… et de m'enfuir !

— Force-toi à sourire, insista Caterina. Tu étais bonne comédienne, autrefois, quand nous montions des saynètes en pension. C'est le moment ou jamais de mettre tes talents en pratique !

L'écuyer, qui était parti en avant, les précédait d'une dizaine de mètres et ne pouvait pas les entendre. Lorsqu'elles arrivèrent en bas du perron, Catcrina murmura :

— Courage !

Jugeant inutilc d'annoncer les jeunes filles, l'écuyer se contenta d'ouvrir la porte du grand salon blanc et de s'effacer pour les laisser entrer.

Le prince Adolphus et le duc de Dunlerton se trouvaient près d'une fenêtre. Ils avaient chacun une coupe de champagne à la main.

Le prince se tourna vers sa fille.

— Ah, te voilà, Henriet ! J'aurais dû deviner que Caterina allait t'accompagner...

— Je suis si contente qu'elle soit venue me rendre une petite visite !

— Caterina n'aurait pas pu mieux choisir son moment ! assura le prince. Elle va pouvoir t'aider à préparer ton mariage.

— Volontiers, fit Caterina.

— Comme celui-ci sera quelque peu précipité, vous n'allez pas manquer de choses à faire, mesdemoiselles.

Caterina fit mine de paraître surprise.

— Pourquoi faut-il précipiter les choses ?

Ce fut le duc qui lui répondit, dans un allemand parfait :

— J'ai promis à Sa Majesté la reine Victoria de rester absent le moins longtemps possible. Pour que je puisse arriver jusqu'au port d'Istria dans des conditions confortables, mais surtout rapides, le ministère de la Marine a mis à ma disposition le *H.M.S. Endurance*, l'un des cuirassés de la Royal Navy.

— Un cuirassé ! s'exclama Caterina avec enthousiasme. J'ai toujours rêvé de pouvoir en visiter un ! Il paraît que ce sont les navires les plus modernes du monde !

Elle se tourna vers son amie.

— Tu as bien de la chance, Henriet !

Cette dernière réussit à entrer dans le jeu.

— N'est-ce pas ?

— Comme vous devez vous en douter, reprit le duc, de tels bâtiments sont réservés à des tâches beaucoup plus importantes que celles d'emmener un couple en voyage de noces.

C'était avec une ironie pesante qu'il avait prononcé ces derniers mots.

Henriet se rapprocha de son père.

— Pourquoi tant de hâte ? interrogea-t-elle avec nervosité. Je voudrais pouvoir prendre mon temps... Le mariage représente un événement tellement important dans la vie d'une femme !

— C'est vrai, appuya Caterina. Il faut qu'Henriet choisisse son trousseau, ses demoiselles d'honneur...

Le prince Adolphus eut un geste agacé.

— Étant donné que ce mariage sera célébré dans une relative intimité, car nous n'aurons pas le temps d'inviter qui que ce soit, nous pouvons faire l'impasse sur les demoiselles d'honneur. Quant au trousseau... Bah ! Henriet possède déjà une garde-robe bien fournie. Et elle pourra faire tous les achats qu'elle voudra à Londres. Il paraît que l'on trouve dans les boutiques de Bond Street d'aussi jolies robes qu'en France.

— C'est certain, dit le duc. D'ailleurs, la plupart des modèles viennent de Paris.

Le prince se tourna vers sa fille.

— Dunlerton et moi venons de nous entendre sur la date du mariage. Celui-ci aura lieu demain jeudi.

— Demain ! s'écria Henriet, atterrée.

Sans tenir compte de l'interruption, le prince poursuivit :

— J'aurais bien voulu que la cérémonie soit célébrée dans la chapelle du palais, mais comme il faut malgré tout qu'elle soit entourée d'une certaine pompe, elle aura lieu à la cathédrale.

Le duc hocha la tête.

— Je comprends... Vous tenez à faire savoir aux Russes que vous mariez votre fille à un Anglais proche de Sa Majesté la reine Victoria.

— Le tzar sera vite au courant ! assura le prince Adolphus. Il a des espions partout.

Le duc hocha la tête.

— La situation est plus grave que je ne le pensais.

— Mais quand les Russes qui se sont infiltrés un peu partout dans le pays entendront tirer les vingt et un coups de canon, tandis que les cloches de la ville sonneront à toute volée, ils sauront que leurs espoirs de conquérir un jour l'Istria viennent de s'envoler !

— Les Russes ont déjà envahi de nombreux petits États des Balkans. Leur appétit de domination est sans limite !

D'un air soucieux, le duc poursuivit :

— Notre gouvernement est fort préoccupé, car les cosaques se rapprochent dangereusement des Indes.

— Nous sommes très reconnaissants à Sa Majesté la reine Victoria de bien vouloir nous accorder sa protection.

Caterina s'aperçut qu'Henriet avait de plus en plus de mal à garder son sourire.

— Permettez-moi de vous parler au nom de mon amie, qui est trop émue pour vous faire part de son point de vue, déclara-t-elle. Les choses sont allées très vite et il est certain qu'en moins de vingt-quatre heures elle n'aura pas le temps de préparer son mariage comme elle le souhaiterait. Une jeune fille souhaite être à son avantage le jour de son mariage !

— Je suis sûr que la princesse sera une fort jolie mariée, déclara le duc avec courtoisie.

Caterina se dit qu'elle était certainement la seule à avoir remarqué une pointe de cynisme dans sa voix.

Le duc se tourna ensuite vers Henriet.

— Je suis navré, Altesse, reprit-il, mais il m'est impossible de vous laisser plus de temps pour vous préparer.

Cette fois, la note cynique était évidente. Caterina soutint son regard.

— Très bien ! Vos désirs sont des ordres, milord ! lança-t-elle avec une impertinence voulue.

Là-dessus, jugeant que l'épreuve avait assez duré pour son amie, elle l'entraîna vers la porte.

— Viens, ma chère Henriet ! Si tu dois te marier demain, nous avons beaucoup à faire !

Un peu dépassé par la rapidité avec laquelle s'enchaînaient les événements, le prince Adolphus déclara :

— Il faudrait peut-être laisser les fiancés s'entretenir en tête à tête. C'est ce qui se fait, d'ordinaire...

Horrifiée à cette perspective, Henriet se raidit. Une nouvelle fois, Caterina vint à son secours.

— Les couturières attendent votre fille pour les essayages de sa robe de mariée, oncle Adolphus !

Le duc laissa échapper un petit rire qui se voulait indulgent mais qui était surtout sardonique.

— Un essayage ! Cela doit passer avant tout, voyons !

Les deux jeunes filles coururent se réfugier dans les appartements d'Henriet.

— Je le déteste ! s'écria cette dernière, une fois seule avec son amie. As-tu remarqué ? Il ne me prête aucune attention... Il semble me mépriser – quand il ne se moque pas ouvertement de moi !

— N'exagérons rien. Les Anglais d'une certaine classe sociale affectent souvent un air détaché. Ce n'est qu'une attitude...

Henriet se prit la tête entre les mains.

— Si nous étions restées cinq minutes de plus, je... je crois bien que j'aurais eu une crise de nerfs !

— Du calme...

— Et tu oses me conseiller de rester calme ? Mais te rends-tu seulement compte de la situation désespérée dans laquelle je me trouve ? Quand je pense que je suis censée l'épouser demain ! Jamais ! Tu m'entends ? Jamais !

— Pas de drame. Nous allons trouver une solution, fit Caterina avec une assurance qui n'était que de façade.

Elle se mit à réfléchir tout haut.

— Ils nous ont annoncé que le mariage aurait lieu jeudi... soit ! Mais aucun arrangement n'a été précisé. Il faudrait tout de même que nous en sachions davantage pour pouvoir aviser...

Henriet se boucha les oreilles.

— Je ne veux rien savoir !

Caterina l'emmena dans sa chambre.

— Étends-toi sur ton lit et tâche de ne penser à rien. Moi, je vais essayer de me renseigner...

La jeune fille descendit et eut la chance de trouver tout de suite le grand chambellan. Cet homme âgé, d'une exquise courtoisie, s'inclina devant elle.

— Altesse ! J'ignorais que vous étiez dans nos murs !

— Je suis venue aider mon amie la princesse Henriet à préparer son mariage.

Le visage du grand chambellan se rembrunit.

— Un mariage bien précipité, pour ne pas dire à la sauvette ! Une pareille cérémonie aurait dû être l'occasion de réjouissances pendant au moins une semaine ! Les habitants d'Istria vont être bien déçus !

— Je suis de votre avis.

— Malheureusement, Son Altesse le prince Adolphus et le duc de Dunlerton ont décidé que tout devait aller très vite... et nous n'avons pas notre mot à dire!

— Hélas!

— Il n'empêche que je trouve bien dommage de ne pas pouvoir organiser les choses en grande pompe!

— Nous sommes obligés d'en passer par la volonté de ces messieurs.

Caterina sourit.

— Et ils sont si pressés qu'ils n'ont pas songé à nous donner le moindre détail pratique. Par exemple, si la princesse Henriet sait qu'elle se marie jeudi, elle ignore à quelle heure!

— La cérémonie est prévue demain, à 11 heures du matin.

— Ah!

— Je peux également vous dire que, dès que les mariés sortiront de la cathédrale, un carrosse les emmènera jusqu'au port d'Istria, où se trouve un cuirassé britannique.

Caterina ne cacha pas sa surprise.

— Il n'y aura pas de réception au palais?

— Non.

— Cela me semble incroyable!

— À moi aussi, soupira le grand chambellan. Mais c'est ainsi! Il paraît que le duc de Dunlerton tient à reprendre la mer le plus vite possible...

Après avoir regardé autour de lui pour vérifier que personne ne l'écoutait, il ajouta très bas :

— Entre nous, je trouve cette manière de procéder assez insultante de la part des Anglais. Mais bien entendu, je ne peux pas me permettre de faire le moindre commentaire.

— Je m'en doute!

Caterina esquissa un demi-sourire.

— Mais je ne crois pas que la princesse Henriet s'en plaindra... Au moins, cela lui évitera d'avoir à serrer les mains de centaines d'inconnus.

Le grand chambellan ne put s'empêcher de rire.

— C'est un point de vue ! Cette partie de la réception est toujours un peu ennuyeuse. Mais je suis sûr que la princesse aurait certainement apprécié le grand dîner, et surtout le bal qui l'aurait suivi.

— Moi aussi, j'aurais bien voulu danser à l'occasion du mariage de ma meilleure amie ! Que pense le prince Adolphus de tout ceci ?

— Il ne m'a, bien entendu, pas fait part de son opinion. Mais, à mon avis, il n'est pas très content. Il aurait certainement aimé que le pays soit en fête pendant plusieurs jours à l'occasion du mariage de sa fille. Mais le duc de Dunlerton, qui semble être un homme très autoritaire, ne lui a pas laissé le choix.

Caterina se contenta de hocher la tête d'un air qui en disait plus que de longs discours.

— Son Altesse le prince Adolphus a donc décidé de se rattraper sur la cérémonie religieuse, reprit le grand chambellan. Celle-ci sera absolument grandiose ! Les grandes orgues, les chœurs...

Pendant que Caterina faisait mine de s'extasier, il poursuivit :

— Il y aura des drapeaux sur tous les monuments, et des fanfares iront de rue en rue, précédées de crieurs publics qui annonceront le mariage.

— Les habitants d'Istria seront donc prévenus ?

— Heureusement ! Et j'espère qu'il y aura foule sur le parvis de la cathédrale pour acclamer les mariés.

— Si les gens sont au courant, vous pensez bien qu'ils accourront.

— Le soir, des orchestres feront danser le peuple sur les places de la ville, puis il y aura des feux d'artifice.

— Vous avez eu le temps de mettre tout cela au point en si peu de temps ? s'étonna Caterina.

— C'est un minimum. J'aurais voulu pouvoir faire beaucoup plus !

Après avoir félicité le grand chambellan pour son sens de l'organisation, la jeune fille monta retrouver son amie et la mit au courant de ce qu'elle avait appris.

Henriet haussa les épaules.

— Je me demande pourquoi mon père ne m'a rien dit. Il n'a même pas jugé utile de préciser l'heure à laquelle je suis censée me marier ! On me traite comme une enfant…

Si Caterina ne fit aucun commentaire, elle comprenait pourquoi le prince Adolphus évitait de donner trop de détails à sa fille. Il avait déjà deviné qu'Henriet n'était nullement enthousiaste à la pensée d'épouser un parfait inconnu qui allait l'emmener vivre dans un pays étranger. Aussi, pour éviter que la jeune fille ne se rebelle, il la maintenait autant qu'il le pouvait dans l'ignorance de ce qui se tramait.

Avec une infinie lassitude, Henriet déclara :

— De toute manière, je suis résignée…

Caterina la regarda avec surprise.

— Résignée à quoi ? À épouser le duc ?

— Certainement pas. Si je ne peux pas m'enfuir avec celui que j'aime, ce ne sera pas mon mariage que l'on célébrera à Istria, mais mon enterrement.

— Henriet ! s'exclama Caterina d'un ton plein de reproche.

Son amie la fixa d'un air sombre.

— Tu as bien entendu.

Sa voix avait sonné comme un glas...

En fin d'après-midi, Henriet dut essayer sa robe de mariée. C'était une splendeur... Un nuage en mousseline de soie blanche, brodé d'une multitude de petits cœurs en perles et en diamants.

« Mais qui se soucie du cœur de celle qui devra porter cette toilette ? se demanda Caterina avec tristesse. Les hommes prennent des décisions... et les femmes n'ont qu'à subir. »

Henriet attendit que les couturières soient sorties pour dire entre ses dents serrées :

— Si je m'étais écoutée, j'aurais mis ces flots de mousseline en mille pièces !

— Moi qui ne cesse de te demander de ne pas manifester tes sentiments ! Une action aussi inconsidérée aurait immédiatement alerté ton père.

— Je le sais. C'est pourquoi j'ai docilement essayé cette horreur.

— Une horreur ? Cette ravissante robe de mariée ?

— Oui !

— Tu exagères. Le duc est horrible, la robe est une horreur...

— En tout cas, tu peux être assurée que je ne la revêtirai pas demain. Ou bien je serai partie avec Fritz, ou bien je serai morte.

Caterina ne protesta pas. À quoi bon ?

— En attendant que Fritz t'emmène loin d'ici, continue à sourire au duc et à ton père, se contenta-t-elle de dire. Il ne faut à aucun prix éveiller leurs soupçons !

— J'essaierai.

— C'est très important. Car si ton père a le moindre doute sur tes intentions, il fera mettre Fritz aux arrêts. Quant à toi, il t'enfermera jusqu'à l'heure du mariage…

— Je me jetterai par la fenêtre.

Caterina considéra son amie d'un air pensif.

— Ton père est trop intelligent pour prendre le moindre risque. Les fenêtres de la pièce où il te gardera prisonnière seront certainement munies de barreaux.

Voyant Henriet pâlir, elle poursuivit :

— Il faut donc absolument que tu donnes le change. Tout au moins jusqu'au moment où tu partiras avec Fritz…

Une petite lueur d'espoir passa dans les yeux de son amie.

— Tu crois que ce sera possible ?

— Je crois avoir une idée…

— Dis vite !

— Laisse-moi le temps de mettre tout cela au point. Et puis il faudra que j'en parle avec Fritz ce soir. Je pourrai le voir, n'est-ce pas ?

— En principe, oui. Je lui ai envoyé un message pour lui demander de se trouver à l'endroit où nous nous retrouvons habituellement.

Henriet joignit les mains.

— Est-ce vrai, Caterina ? Tu as trouvé le moyen de me sauver ?

— Je l'espère…

— Je n'ose y croire. Mais si par hasard tu réussissais, je t'en aurais une reconnaissance éternelle…

Caterina eut soudain l'impression de manquer d'air. Elle alla ouvrir la fenêtre.

— Par ce temps magnifique, il est bien dommage de rester à l'intérieur. Que dirais-tu d'une promenade dans le parc ?

— Comme tu veux.

En soupirant, Henriet ajouta :

— Mais si j'avais le choix, j'aimerais autant me mettre au lit, me cacher sous mes couvertures et tenter d'oublier cette épée de Damoclès suspendue au-dessus de ma tête...

— Il ne faut pas être aussi défaitiste. Ce n'est pas en jouant les autruches que l'on trouve des solutions ! Allons, viens !

Ce fut sans le moindre enthousiasme que son amie la suivit. Avant d'arriver en bas, elle marqua un temps d'arrêt.

— Je le sentais ! fit-elle entre ses dents.

Le prince Adolphus et le duc de Dunlerton se trouvaient dans le hall. Henriet s'apprêtait à faire demi-tour pour remonter dans sa chambre en courant quand son père l'aperçut.

— Ah, vous voilà, les inséparables !

Les jeunes filles furent bien obligées de rejoindre les deux hommes.

— Le duc et moi nous rendons en ville afin de mettre au point les détails de la cérémonie avec l'archevêque.

Juste à ce moment-là, une superbe calèche s'arrêta en bas du perron.

— Voulez-vous venir avec nous, mesdemoiselles ? proposa le prince.

— C'est très aimable à vous, oncle Adolphus, mais nous préférons vous laisser organiser tout cela, répondit Caterina. Nous avons de notre côté beaucoup à faire. De toute manière, nous ne pouvons pas nous éloigner du palais car d'autres essayages sont prévus dans le courant de la journée.

C'était faux, mais elle savait que le prince Adolphus, qui ne s'intéressait guère aux fanfreluches, ne risquait pas de vérifier leur alibi.

Le duc, qui n'avait pas adressé un seul coup d'œil à sa « fiancée », pas plus qu'à l'amie de celle-ci, se tourna vers le prince.

— Partons-nous ? demanda-t-il avec une pointe d'impatience. L'archevêque va nous attendre.

— Allons-y, mon ami.

Les deux hommes prirent place dans la calèche à l'arrière de laquelle se tenaient deux valets en livrée.

En silence, Caterina suivit des yeux la voiture qui s'éloignait.

« Je dois dire que le duc de Dunlerton n'est pas très sympathique », pensa-t-elle.

Il n'avait même pas eu la décence de demander officiellement la main d'Henriet. Certes, il s'agissait d'un mariage arrangé. Certes, la jeune fille ne pouvait pas dire « non » quand des intérêts supérieurs entraient en jeu. Un minimum de bienséance aurait cependant été à l'honneur du duc.

Mais comment demander à cet homme de faire preuve de courtoisie quand il n'accordait aucune attention à celle qui, dans deux jours, était censée devenir sa femme ?

Caterina prit son amie par la main et l'entraîna.

— Allons voir les fleurs dans les serres !

— Vous êtes vous-mêmes comme deux fleurs, dit le grand chambellan qui venait d'arriver dans le hall.

Caterina éclata de rire.

— Merci pour le compliment. Je n'étais pas plus haute que trois pommes que vous me compariez déjà à une fleur…

— Je l'ai toujours pensé, Altesse ! Vous êtes aussi jolie et peut-être encore plus que feu Madame votre mère. Son Altesse la princesse de Theiss était l'une des plus belles femmes du monde. Jamais je ne l'oublierai !

— Moi non plus, fit Caterina avec une pointe de tristesse.

Henriet descendit le perron quatre à quatre.

— Tu viens ? cria-t-elle.

Caterina eut peine à cacher sa surprise en la voyant soudain pleine d'allant.

Elle la rejoignit dans une allée bordée de hauts rhododendrons.

— Que t'arrive-t-il ? Pourquoi cette hâte ?

— J'ai pensé que nous n'aurons peut-être pas besoin d'attendre cette nuit pour voir Fritz. Vite !

Elle jeta un coup d'œil furtif derrière elle.

— Mais faisons attention... Il ne faut pas que l'on nous suive. Il ne faut pas non plus que l'on nous voie du palais.

— Qui pourrait nous apercevoir derrière ces rhododendrons touffus ?

Henriet continuait à marcher d'un bon pas.

— Pourvu qu'il soit là ! S'il a reçu mon message, il a dû se dire que je m'arrangerais peut-être pour me rendre à l'endroit secret où nous nous donnons d'ordinaire rendez-vous.

Par un véritable labyrinthe de sentiers, les deux amies ne tardèrent pas à arriver en vue d'une maisonnette en bois enfouie dans la verdure.

— Oh ! Je me souviens de cet endroit ! s'exclama Caterina. Nous venions souvent jouer ici autrefois. Tu y avais tant de jouets... J'avais l'impression de pénétrer dans un monde enchanté.

Il y avait maintenant une serrure sur la porte. Une serrure qui, Caterina l'aurait juré, n'existait pas dix ou quinze ans auparavant.

Henriet regarda autour d'elle d'un air méfiant avant de prendre une clef au fond de sa poche. Elle ouvrit et fit entrer son amie.

Ensuite, elle roula un tapis de manière à dégager une partie du plancher. Puis elle s'agenouilla et frappa trois coups sur le plancher.

Après avoir remis le tapis en place, elle se redressa.

— Et maintenant ? interrogea Caterina.

— Attends un peu... tu vas voir !

En se mordant la lèvre inférieure, Henriet fixait l'une des cloisons de la maisonnette, qui était en bois, comme tout le reste de cette légère construction.

Brusquement, une partie de cette cloison pivota et Fritz Hofer apparut. Il n'était pas en uniforme mais en vêtements de ville. Grand, mince et bien découplé, il avait énormément d'allure. Caterina comprenait sans peine que son amie soit tombée follement amoureuse de ce séduisant jeune homme.

— J'avais l'intuition que vous viendriez cet après-midi, dit-il à Henriet.

Quand elle se précipita dans ses bras, il l'enlaça passionnément.

« Comme ils s'aiment ! » pensa Caterina, très émue en les voyant échanger un regard plein de tendresse.

Fritz serra ensuite la main de Caterina.

— Je vous suis très reconnaissant d'être auprès d'Henriet en ces moments difficiles, lui dit-il.

— Les choses vont de plus en plus mal, fit Henriet dans un sanglot. Le duc est arrivé... Il est encore plus horrible que tout ce que j'avais pu imaginer.

— Non, il n'est pas horrible ! protesta Caterina. Je suis sûre qu'il a beaucoup de succès dans les salons londoniens ! Toutes les femmes doivent se jeter à sa tête.

— Eh bien, il n'a qu'à épouser l'une d'elles au lieu de venir m'ennuyer ici ! fit Henriet d'un ton d'enfant gâtée.

— Des intérêts supérieurs… commença Caterina.

— Je me moque des intérêts supérieurs ! J'aime Fritz et c'est lui que je veux épouser. Sinon…

Elle étouffa un sanglot.

— Sinon je m'arrangerai pour mourir.

Caterina savait qu'il ne s'agissait pas d'une menace en l'air. Henriet était prête à tout plutôt que de devoir appartenir au duc de Dunlerton.

— Ma fiancée m'a dit que vous alliez peut-être pouvoir nous aider, dit Fritz à Caterina.

— Je l'espère.

— De mon côté, j'ai averti le général en chef des armées que je quittais mon régiment.

— Voilà pourquoi vous n'êtes pas en uniforme ! s'exclama Henriet.

— C'est cela.

— Votre décision a-t-elle été acceptée aisément ? demanda Caterina.

— Oh, oui ! J'ai prétendu que ma mère, qui habite à l'autre bout de l'Autriche, était gravement malade et me réclamait.

Caterina hocha la tête.

— Si vous fuyez avec Henriet, vous ne serez donc pas considéré comme déserteur ?

— Non, car je suis redevenu un civil.

Il soupira.

— Malgré tout, la situation est grave. Si je pars avec Henriet, son père sera furieux et nous fera rechercher partout par sa police, son armée, ses chiens… Dans ces conditions, un couple de fugitifs a-t-il la moindre chance ?

— Je crains fort que non, admit Caterina.

— Jamais je ne pourrai vivre avec l'homme que j'aime ? s'écria Henriet.

Les larmes se mirent à couler sur ses joues.

— Il ne me reste plus qu'à mourir !

Le visage de Fritz se crispa.

— Il n'y a donc pas d'issue ? demanda-t-il avec angoisse.

— Peut-être que si, déclara Caterina. J'ai une idée...

3

Henriet joignit les mains.

— Tu aurais une solution à ce cauchemar ? Vraiment ? Dis vite !

Caterina n'eut même pas le temps d'ouvrir la bouche. Quelqu'un venait de frapper à la porte de la maisonnette...

Fritz courut vers la porte pivotante astucieusement aménagée dans la cloison. Une fraction de seconde plus tard, il avait disparu...

— Va ouvrir, chuchota Caterina.

Henriet, qui était devenue très pâle, obtempéra. Elle ne cacha pas son soulagement en voyant sa fidèle femme de chambre.

— Oh, c'est vous, Malca !

— Mademoiselle Henriet, Son Altesse vous demande. Je vous ai cherchée partout ! Ne perdez pas de temps, je vous en supplie, sinon Son Altesse va s'impatienter.

Sur ces mots, elle s'éloigna.

Henriet se tourna vers Caterina.

— Cela n'aurait pas pu tomber plus mal !

— Allons-y...

Après avoir fermé la porte de la maisonnette, toutes deux se mirent à courir à perdre haleine. Lorsqu'elles arrivèrent en vue du palais, Henriet ralentit son allure.

— Maintenant, nous allons marcher tranquillement comme si nous n'avions pas un seul souci au monde.

Caterina n'était pas mécontente de voir son amie prendre la direction des opérations. Il lui avait suffi d'échanger quelques mots avec Fritz pour retrouver un peu d'optimisme.

« Quel dommage que je n'aie pas eu la possibilité de leur exposer mon projet », se dit-elle.

Le prince Adolphus, qui attendait les deux jeunes filles sur la terrasse du palais, lança avec un visible agacement :

— Enfin !

— Nous sommes revenues le plus vite possible, oncle Adolphus, dit Caterina.

— Vous étiez allées vous promener bien loin !

Caterina lui adressa un sourire désarmant.

— C'est ma faute. Il fait si beau ! À cette époque, le parc est magnifique !

— Tu as raison.

— J'ai insisté pour aller jusqu'au petit étang où nous nous amusions tant quand nous étions petites, Henriet et moi...

Le prince mit la main sur l'épaule de sa fille.

— Ma chère Henriet, il faut que tu saches que le duc souhaite retourner en Angleterre le plus rapidement possible.

— Ah, oui ? fit seulement la jeune fille.

— Vous embarquerez donc tout de suite après la cérémonie qui, comme je te l'ai déjà dit, aura lieu à la cathédrale.

— Tu as bien de la chance d'aller en Angleterre à bord d'un cuirassé ! s'exclama Caterina.

— Je ne me suis jamais beaucoup intéressée aux navires de guerre, rétorqua son amie.

Comme chaque fois qu'il était question de son mariage avec le duc de Dunlerton, elle s'était mise à trembler.

— C'était pour dire cela à Henriet que vous avez envoyé Malca nous chercher, mon oncle ? interrogea Caterina.

— Non. Le duc la demande. Il veut s'assurer que, parmi les alliances qu'il a apportées, l'une est à la taille du doigt de sa future épouse.

— Sage précaution ! fit Caterina. Le duc de Dunlerton est un homme qui ne laisse rien au hasard.

— Il m'a raconté qu'une déplaisante mésaventure est arrivée à l'un de ses amis. L'alliance que ce dernier a voulu glisser à l'annulaire de la mariée était trop petite, si bien qu'il a été obligé de la lui passer au petit doigt. Certaines personnes ont prétendu que c'était un mauvais présage...

Caterina haussa les épaules.

— Il ne faut pas être aussi superstitieux.

— Apparemment, les prophètes de malheur ne se trompaient pas, reprit le prince, car le marié est mort moins de six mois plus tard au cours d'un steeple-chase.

— Est-ce possible ?

— Son cheval est tombé sur lui.

— Quelle horreur ! s'exclama Caterina.

Après un silence, elle murmura :

— Je ne pensais pas que les Anglais étaient superstitieux. Mais le duc de Dunlerton l'est peut-être... Et s'il est bon cavalier, il n'a sûrement pas envie de tomber de cheval au cours d'un steeple-chase.

— Personne ne souhaite cela ! réussit à dire Henriet.

— Il a donc apporté toute une collection d'alliances ? demanda Caterina.

— C'est ce qu'il m'a dit.

— Puis-je aller les voir aussi ?

— Bien sûr, dit le prince.

Avec un sourire indulgent, il ajouta :

— Songerais-tu à te marier, toi aussi, ma chère enfant ?

— Aucun duc n'a encore demandé ma main ! rétorqua-t-elle en riant.

— Je suis sûr que tu as déjà eu beaucoup de prétendants et que tu en auras encore beaucoup ! Tu es si jolie, ma petite Caterina ! Aussi jolie que ta mère !

— Merci, oncle Adolphus. Vous me faites toujours de très gentils compliments !

La jeune fille ne cessait de parler pour retenir l'attention du prince. Car il ne fallait à aucun prix que ce dernier voie l'expression anxieuse de sa fille… En dépit de toutes les recommandations de son amie, Henriet ne songeait guère à sourire !

— Venez, mes enfants, dit le prince.

Il se dirigea vers le hall, suivi par les deux jeunes filles. Quand un écuyer s'avança pour lui poser une question, Caterina en profita pour chuchoter dans l'oreille de son amie :

— Du calme, Henriet ! Je t'en supplie, reprends-toi ! Ce n'est pas parce que tu vas essayer une alliance que cela va t'engager à quoi que ce soit !

— Je… je vais tenter de paraître détendue. Mais je t'en supplie, ma chère Caterina, ne me quitte pas ! Ne me laisse pas seule avec le duc !

— Ne t'inquiète pas : je suis là.

Elle s'efforçait de manifester le plus grand calme, mais le comportement d'Henriet l'inquiétait de plus en plus. Son amie était dans un tel état qu'elle pouvait très bien s'effondrer d'un instant à l'autre, en proie à une crise de nerfs.

« Elle est capable de lancer toutes les alliances à la tête du duc en lui disant qu'elle le déteste et qu'elle refuse catégoriquement de l'épouser ! »

Le prince Adolphus les conduisit jusqu'au salon où se tenait le duc.

— Je suis navré de vous avoir fait attendre, mon ami. Mais ces demoiselles étaient allées se promener dans le parc. J'ai dû envoyer des domestiques à leur recherche.

Le duc toisa sa « fiancée » d'un air peu amène. Henriet soutint son regard avant de détourner la tête. Jugeant qu'il devenait urgent de détendre l'atmosphère, Caterina dit la première chose qui lui vint à l'esprit :

— Mon oncle nous racontait que vous étiez très superstitieux au sujet des alliances…

Il eut un rire bref.

— Superstitieux, moi ? Première nouvelle !

« Dieu, qu'il est désagréable ! » songea la jeune fille.

Avec un sourire forcé, elle poursuivit :

— Je connais bon nombre de superstitions, mais je n'avais encore jamais entendu parler de celle-là.

Le duc haussa les épaules.

— Ce n'en est pas une, rétorqua-t-il avec une visible impatience. Il s'agit tout simplement d'un détail pratique. Je serais bien embarrassé si je n'arrivais pas à passer l'alliance au doigt de la mariée.

Caterina ne se laissa pas impressionner pour autant, et ce fut d'un ton léger qu'elle lança :

— Bah ! Cela donnerait un sujet de conversation aux invités.

Le duc lui adressa un coup d'œil hostile avant de déclarer du bout des lèvres :

— De toute manière, ils trouveront toujours quelque chose de déplaisant à dire, fit-il du bout des lèvres.

Là-dessus, il s'approcha d'une table en marqueterie sur laquelle était posé un grand écrin tapissé de velours vieil or.

« Je sens Henriet toute prête à l'insulter, pensa Caterina. Et, ma foi, j'en ferais bien autant… si du moins je ne me retenais pas. »

Sans paraître le moins du monde sensible aux vagues de haine que lui envoyaient les deux jeunes filles, le duc souleva le couvercle de l'écrin.

Il y avait à l'intérieur plusieurs alliances en or, ainsi qu'un très joli collier en perles et en diamants.

— Dans quel ordre procédons-nous ? demanda-t-il à Henriet d'un ton froid. Voulez-vous d'abord un cadeau ? Ou bien préférez-vous essayer votre alliance ?

« Ni l'un ni l'autre ! » était sur le point de hurler la jeune fille.

Une nouvelle fois, Caterina intervint.

— Quel merveilleux collier !

— Je me suis dit que des perles et des diamants représentaient le présent idéal pour une jeune mariée, déclara le duc d'un ton solennel.

On aurait pu croire qu'il récitait une leçon…

— Henriet est ravie, assura Caterina.

Son amie se tenait devant l'écrin, tête basse. Mais au lieu d'admirer les bijoux, elle contemplait le bout de ses bottines.

Caterina s'empara du collier.

— Mets-le vite, Henriet ! Vois comme il est joli ! Et il ira si bien avec ta robe de mariée !

D'autorité, elle le fixa au cou de son amie. Puis elle recula d'un pas.

— Tu es ravissante !

— Merci, fit Henriet avec effort.

Comprenant enfin que sa fille n'était guère à l'aise, le prince Adolphus déclara :

— Voyons les alliances, maintenant.

Le duc en prit une et tenta de la passer à l'annulaire de sa « fiancée ». L'étroite bande d'or resta bloquée à la première articulation.

— Ah, nous avons bien fait d'avoir une petite répétition ! s'exclama-t-il.

Caterina prit une autre alliance et se la mit au doigt sans peine.

— Celle-ci va très bien !

— Elle irait très bien si c'était vous la mariée, fit le duc d'un ton sarcastique.

— Henriet et moi avons souvent échangé nos bijoux. C'est au point que nous ne nous souvenons plus de ce qui appartient à l'une et de ce qui est à l'autre.

Elle feignit de paraître fâchée, tandis qu'elle ajoutait :

— Et pourtant, je me souviens parfaitement qu'Henriet a refusé de me rendre une bague en saphir sous prétexte que celle-ci formait un ensemble parfait avec ses boucles d'oreilles !

Après avoir ôté l'alliance de son doigt, elle la passa à celui de son amie.

— Voyez ! Celle-ci convient.

Elle la reprit et la déposa dans la main du duc.

— Mieux vaut la garder à part. Et maintenant, il faut que vous nous excusiez, messieurs, mais nous devons nous sauver : les couturières attendent la mariée pour un nouvel essayage.

Elle prit Henriet par la main et l'entraîna. Ce fut seulement dans le couloir qu'elle s'aperçut que son amie avait toujours le collier autour du cou.

— Attends-moi ici ! lui dit-elle.

Elle retourna au salon où se tenaient toujours le prince Adolphus et le duc de Dunlerton.

— Henriet peut-elle garder ce magnifique collier pour le porter demain ? Ou bien souhaitez-vous qu'elle vous le rende ?

— Qu'elle le garde, naturellement ! Il s'agit d'un bijou de famille et j'espère bien qu'elle le mettra lors de la cérémonie.

— Elle va être ravie !

Caterina s'empressa de rejoindre son amie et toutes deux montèrent s'enfermer dans la chambre d'Henriet.

— Je le déteste ! s'écria cette dernière en sanglotant.

Elle ôta le collier et le jeta sur son lit.

— Je ne veux pas de ses bijoux ! Je me tuerai plutôt que de devoir l'épouser. Oui, je me tuerai !

Elle sanglotait de plus belle. Caterina la prit dans ses bras.

— Tâche d'être raisonnable, je t'en supplie !

— Tu avais dit que tu me viendrais en aide et... et j'espérais un miracle ! Mais quand j'ai vu toutes ces alliances, j'ai compris qu'il n'y avait pas de solution. Je suis perdue !

Caterina la secoua doucement.

— J'ai promis de te sauver et je le ferai. Promets-moi de ne pas te livrer à un acte inconsidéré avant que je n'aie mis mon plan bien au point.

— Il n'y a pas d'espoir, fit Henriet avec accablement.

— Arrête de pleurer, je t'en supplie !

— Tu dis que tu as trouvé le moyen de m'empêcher d'épouser cet horrible duc ? Je n'en crois pas un mot. Je vais me tuer. J'ai un revolver... Mon père m'a appris à tirer sur une cible et je ne manque jamais mon coup.

Avec désespoir, elle murmura :

— La prochaine cible, ce sera moi !

Caterina se raidit, soudain très pâle. Jusqu'à présent, elle n'avait pas pris trop au sérieux les menaces de suicide de son amie. Mais si celle-ci possédait une arme, tout était différent!

— Pourquoi l'empereur François-Joseph et la reine Victoria m'ont-ils choisie, moi? s'écria Henriet.

Elle se cacha le visage entre ses mains.

— Pourquoi dois-je faire face à un si cruel destin?

— Pas de drame, je t'en supplie!

De nouveau, Caterina secoua son amie.

— Arrête de pleurer et écoute-moi!

— Je sais ce que tu vas me dire! Tu vas me conseiller de penser à mon pays avant de penser à moi... Mais je ne suis pas de la trempe d'une héroïne!

Caterina comprit qu'il était inutile de chercher à la raisonner. Elle l'embrassa.

— Je vais retourner à la maisonnette pour expliquer à Fritz de quelle manière vous allez pouvoir fuir ensemble.

Henriet retint sa respiration avant d'adresser à Caterina un coup d'œil incrédule.

— Tu as dit que... que nous allions fuir ensemble, Fritz et moi?

— Cela me semble possible. J'ai une idée, je te l'ai déjà dit... Mais il faut tout d'abord que j'en parle à Fritz. Où est la clef de la petite maison?

Henriet la lui remit immédiatement.

— Penses-tu qu'il sera toujours là-bas? demanda Caterina.

— Certainement. Comme nous avons dû le quitter en hâte, il s'attend vraisemblablement à ce que nous revenions.

— J'y vais.

— Je t'accompagne.

Caterina secoua la tête.

— Non, non. Il vaut mieux que tu restes ici.

— Mais…

— Imagine que ton père te fasse de nouveau demander ? Il trouverait bien bizarre que tu sois encore dans le parc !

— C'est vrai, admit Henriet.

— Si nous réussissons à mettre sur pied le plan que j'ai en tête, nous ne pouvons nous permettre aucun faux pas.

— Je… je comprends.

Henriet adressa à son amie un regard à la fois plein d'espoir et d'appréhension.

— Caterina, tu… tu crois vraiment pouvoir venir à… à mon secours ?

— Oui.

— Comment ?

— C'est ce que je vais aller expliquer à Fritz. Si par hasard on me demandait, tu n'auras qu'à dire que j'étais un peu fatiguée et que je suis allée me reposer dans ma chambre.

— Bien…

— Quant à toi, tu ne bouges d'ici sous aucun prétexte. C'est entendu ? À moins, naturellement, que ton père ne te fasse appeler.

Caterina tendit la main.

— Maintenant, donne-moi le revolver.

— Non !

— Donne-moi ce revolver !

— Non, je veux le garder. Pour le cas où… où les choses tourneraient mal.

Caterina chercha une autre approche.

— Je m'imaginais que tu me faisais confiance…

Avec un profond soupir, elle enchaîna :

— Apparemment, ce n'est pas le cas !

— Si ! Mais… mais si tu n'arrives pas à me sauver, j'ai l'intention d'utiliser cette arme, moi, demain, lorsque l'on m'annoncera le moment venu d'aller à la cathédrale. Voilà pourquoi je ne veux pas te la remettre.

Caterina se mordit la lèvre inférieure presque au sang. Elle savait son amie déterminée… mais pas à ce point-là !

— Donne-moi ce revolver, répéta-t-elle. Fritz en aura besoin pour vous protéger tous les deux.

Le regard d'Henriet s'éclaira soudain.

— Tous les deux ? Tu veux dire… lui et moi ?

— Lui et toi, bien sûr, puisque vous allez partir ensemble.

Sans discuter davantage, Henriet alla ouvrir le premier tiroir de sa table de nuit. Elle fit jouer la paroi du fond, découvrant la cache secrète dans laquelle elle avait dissimulé une arme très récente.

Elizabeth s'en empara et la soupesa.

— Où as-tu trouvé cela ? demanda-t-elle avec étonnement.

— Dans le bureau de mon père.

— Il ne s'est pas aperçu de la disparition de son revolver ?

— Si, naturellement. Il pense qu'un domestique le lui a volé. C'est moi qui l'ai pris, le jour où… où il m'a dit que l'empereur François-Joseph et la reine Victoria avaient organisé mon mariage sans même prendre la peine de me demander mon avis.

Caterina glissa l'arme dans l'une de ses poches.

— Je confierai cela à Fritz. Il saura s'en servir beaucoup mieux que toi… et à meilleur escient !

Son amie lui adressa un coup d'œil plein de suspicion.

— Tu n'essaies pas de me duper ?

— Henriet !

— Ne te fâche pas. Je sais pouvoir te faire confiance. Mais je sais aussi que la situation est désespérée.

— Il ne faut jamais dire des choses pareilles.

— Je suis bien déterminée à ne pas épouser cet horrible duc. Si je n'ai plus d'arme pour mettre fin à mes jours, je n'hésiterai pas à me jeter par la fenêtre.

Caterina demeura silencieuse. Elle savait son amie capable de mettre une telle menace à exécution.

« Si elle mourait, je ne me le pardonnerais jamais ! se dit-elle. Il faut que je lui vienne en aide, même si je dois payer le prix fort pour cela. »

Exactement comme l'avait fait Henriet, Caterina souleva le tapis et frappa trois coups sur le plancher. Puis elle attendit, le cœur battant... Fritz était-il toujours dans les parages ou bien était-il reparti ?

Elle laissa échapper un soupir de soulagement quand la porte habilement aménagée dans la cloison pivota.

Fritz parut étonné de voir la jeune fille seule.

— Où est Henriet ?

— Je lui ai conseillé de rester au palais. Cela m'a semblé plus prudent, pour le cas où son père la réclamerait de nouveau.

Caterina s'assit sur un tabouret d'enfant.

— J'ai à vous parler, Fritz...

— Je vous écoute, dit-il en s'installant en face d'elle, sur un autre tabouret.

Elle lui tendit le revolver.

— Tout d'abord, prenez ceci.

Il haussa les sourcils.

— Une arme ? Mais...

— Henriet l'a dérobée à son père. Elle préfère se tuer plutôt que d'épouser le duc.

— Mon Dieu !

Fritz pâlit.

— Comment peut-elle envisager de mourir ? Elle est jeune, elle est belle... et elle m'oubliera !

Caterina ne put s'empêcher de sourire.

— Vous oublier ? Henriet ? Jamais. Elle vous aime vraiment, pour toujours.

— Tout comme je l'aime vraiment. Et pour toujours...

Il soupira en baissant la tête.

— Hélas, rien n'est possible ! murmura-t-il en glissant le revolver dans l'une des poches de sa veste.

— Il existe une manière de la sauver...

Fritz lui adressa un coup d'œil sceptique.

— Vraiment ?

— Je n'ai qu'à prendre sa place, fit simplement la jeune fille. J'épouserai le duc demain sans que nul ne se doute de la substitution.

— Quoi ?

— Vous avez parfaitement entendu.

— Mais...

Elle l'interrompit :

— J'aime beaucoup Henriet, que je considère un peu comme ma sœur. Si elle mourait, je me sentirais en quelque sorte responsable.

Après un silence, elle reprit :

— Je lui ai confisqué son arme. Mais elle peut en trouver une autre... Et son désespoir est tel qu'elle est capable de se jeter par la fenêtre ou de se noyer dans le lac.

— Et vous êtes prête à vous dévouer pour elle ?

— Si elle mettait fin à ses jours, jamais je ne me le pardonnerais, rétorqua la jeune fille.

Fritz semblait accablé.

— On ne peut pas vous demander un pareil sacrifice ! murmura-t-il enfin.

— Je suis prête à le faire de bon cœur pour vous permettre à tous les deux d'être heureux... et pour éviter la mort de ma meilleure amie.

Fritz secoua la tête avec découragement.

— Jamais vous ne réussirez à vous faire passer pour Henriet. Jamais! La supercherie sera vite découverte... Imaginez le drame, alors!

Il examina la jeune fille.

— Soit, vous êtes de la même taille. Vous êtes toutes les deux blondes. Mais même si vous êtes aussi jolies l'une que l'autre, vous ne vous ressemblez pas.

— Je rabattrai le voile sur mon visage et personne ne pourra deviner que je ne suis pas la fille du prince Adolphus.

— À la fin de la cérémonie, le marié est censé soulever le voile pour embrasser celle qui vient de devenir sa femme, objecta Fritz.

— Je détournerai la tête en maintenant fermement le voile sur ma figure. De toute manière, cela m'étonnerait beaucoup que le duc pense à respecter la tradition! Il n'a qu'une hâte : retourner en Angleterre.

— Et vous êtes prête à l'y suivre?

— Oui. J'ai déjà pensé à tout.

— C'est-à-dire?

— Je resterai enfermée dans ma cabine en prétextant avoir le mal de mer. J'attendrai le plus longtemps possible avant de me montrer...

— Et quand le duc apprendra qu'il a été dupé, que se passera-t-il?

— Cela, l'avenir nous le dira!

— Vous n'avez pas peur?

— Non. Je me dis que j'agis pour le mieux et que Dieu me viendra en aide.

Fritz la regarda avec admiration.

— Comment vous remercier, Caterina ? demanda-t-il avec émotion.

— L'heure n'est pas aux démonstrations de gratitude. Car le temps presse !

— Ô combien !

— Vous devez fuir avec Henriet avant le mariage. Personne ne doit avoir le moindre soupçon de ce qui s'est passé avant que le cuirassé qui a amené le duc ne reparte pour l'Angleterre.

Elle esquissa un sourire amer :

— Avec moi à son bord, seule dans une cabine et refusant de voir qui que ce soit.

Fritz prit la main de la jeune fille et la baisa.

— Comment vous remercier ? répéta-t-il.

— En agissant ! fit-elle avec force. Il faut que vous emmeniez Henriet loin d'Istria et loin de l'Autriche !

En bon officier, Fritz organisa immédiatement son plan de campagne.

— Mon yacht est amarré au port, prêt à appareiller. Nous pouvons partir par la mer.

— Parfait.

— J'attendrai Henriet ici à minuit. Qu'elle vienne sans bagages, avec juste un sac contenant un minimum de vêtements. Personne ne doit être au courant, bien entendu !

— À l'exception de sa femme de chambre, Malca.

Fritz hocha la tête.

— Malca ne nous trahira jamais. Elle est la seule que l'on peut mettre dans la confidence. D'ailleurs, il faut bien que quelqu'un vous aide demain à vous préparer ! Et qui pourrait le faire, sinon elle ?

Pour la première fois, il esquissa un sourire.

— Malca va être bien heureuse d'apprendre que « son bébé », comme elle appelle souvent celle qu'elle a élevée, ne sera pas obligée d'épouser un homme pour lequel elle n'éprouve aucun tendre sentiment !

— Sans me vanter, je crois être plus solide qu'Henriet. Psychologiquement du moins... Je pense pouvoir faire face à la situation mieux qu'elle.

— Henriet a encore un côté enfant... admit Fritz. C'est aussi pour cela que je l'aime.

— Je suis sûre que vous serez très heureux tous les deux.

Caterina se mit à réfléchir.

— Malca va être obligée de venir avec moi. Du moins pendant quelques jours... De toute manière, ne devait-elle pas accompagner Henriet ?

Avec un sourire quelque peu ironique, elle ajouta :

— Il faudra bien que quelqu'un monte la garde à la porte de ma cabine ! Mais Malca pourra me quitter dès la première escale.

— Cela devrait être Brindisi, en Italie. Nous l'y attendrons à bord de mon yacht. Si par hasard vous faites escale plus loin, Malca s'arrangera pour gagner Brindisi par ses propres moyens. Nous resterons dans ce port jusqu'à ce qu'elle nous y rejoigne.

— Quant à moi...

Caterina haussa les épaules.

— Bah, j'aviserai selon les circonstances !

Elle essayait de faire preuve d'un optimisme qu'elle était loin de ressentir. Car elle se doutait bien que le duc serait furieux en découvrant qu'il n'avait pas épousé celle que la reine Victoria et l'empereur François-Joseph lui destinaient.

Mais que pourrait-il faire ?

« Il ne va tout de même pas me jeter par-dessus bord ! » se dit la jeune fille.

Sachant que tout était possible, et que certains hommes perdaient la tête dans des moments de colère, elle s'efforça de ne pas penser à cela pour le moment. Il y avait tant de choses à organiser !

— J'espère qu'Henriet et moi pourrons sortir du parc sans trop de difficultés, déclara Fritz d'un air soucieux. J'ai l'impression que, depuis l'arrivée du duc, la garde a été renforcée autour du palais.

— C'est possible... Mais vous devez connaître un chemin assez sûr puisque vous avez pu jusqu'à présent venir retrouver régulièrement votre fiancée ici.

— Et à minuit, il faut dire que les sentinelles sont moins vigilantes. Le sommeil commence à se faire sentir !

Caterina se leva.

— Je crois que nous avons tout mis au point.

— Je le pense.

— Quand je vais annoncer à Henriet qu'elle va pouvoir fuir avec vous cette nuit, elle va sauter de joie !

Pensive, elle enchaîna :

— Elle aura bien de la peine à ne pas montrer combien elle est heureuse...

— Son père risque de se demander ce qui lui arrive. Par prudence, il serait préférable qu'elle ne descende pas dîner ce soir.

— C'est exactement ce que je me suis dit ! s'exclama Caterina. Elle n'aura qu'à prétexter une migraine pour ne pas avoir à se montrer. Son père et le duc risqueraient en effet de la trouver bien joyeuse... Le duc n'y accordera aucune importance, mais cela pourrait alerter le prince Adolphus.

— Vous pensez à tout !

— Il le faut bien.

En souriant, elle ajouta :

— Vous aussi, vous pensez à tout ! Savez-vous déjà quand et où vous épouserez Henriet ?

— Le capitaine de mon yacht devrait pouvoir nous marier dès que nous serons en haute mer. Et alors, Henriet sera vraiment à moi !

— Où pensez-vous l'emmener ?

— J'ai des affaires aux Indes et au Japon… Pourquoi ne pas aller là-bas en voyage de noces ?

— Henriet sera ravie de découvrir ces pays ! Et ensuite, où pensez-vous vivre ?

— Probablement en Europe. Nous déciderons…

Il eut un petit soupir.

— Je crains fort que nous ne puissions jamais revenir à Istria ou en Autriche…

— Qui sait ?

Fritz prit les mains de la jeune fille.

— Vous êtes extraordinaire, fit-il d'un ton pénétré. Jamais Henriet et moi ne pourrons assez vous remercier de vous sacrifier ainsi !

Elle haussa les épaules.

— Au contraire d'Henriet, je ne suis amoureuse de personne. Par conséquent, j'envisage ce mariage avec le duc de Dunlerton un peu comme un mariage de raison… Quant à lui, que cela lui plaise ou non, il sera bien obligé d'accepter la situation.

Avec un geste indifférent, elle conclut :

— Je suppose qu'il vivra de son côté et moi du mien.

— Vous allez probablement être obligée d'habiter à Londres…

— Cela ne me déplaît pas du tout, bien au contraire !

Fritz l'embrassa fraternellement sur la joue.

— Merci ! Du fond du cœur, merci ! Vous êtes bien la seule femme au monde capable de se dévouer à ce point pour une amie !

Caterina soupira avant de rétorquer avec simplicité :

— Je connaissais les intentions d'Henriet. Comment aurais-je pu la laisser se tuer sans faire tout ce que je pouvais pour la sauver ?

À mi-voix, comme pour elle-même, elle déclara :

— Les choses vont certainement être difficiles pour moi... Mais cela en vaut la peine !

Lorsqu'elle regagna le palais, Caterina trouva Henriet allongée sur son lit. Assise à son chevet, Malca la contemplait avec désespoir en soupirant de temps à autre :

— Mon bébé ! Mon pauvre bébé !

Henriet adressa à son amie un coup d'œil morne.

— L'as-tu vu ?

— Oui. Tout est arrangé. Tu vas pouvoir t'enfuir avec celui que tu aimes.

Henriet joignit les mains.

— Est-ce possible ?

— Il t'attendra à minuit dans la maisonnette et vous partirez par la mer.

— Est-ce possible ? répéta Henriet. Je n'ose y croire !

— N'emporte qu'un minimum de vêtements... Juste de quoi remplir un sac que tu pourras porter facilement.

Le premier instant de joie passé, Henriet baissa la tête.

— Nous ne pourrons pas aller bien loin ! fit-elle avec découragement. Mon père enverra toute son armée à nos trousses. La marine nationale aussi ! Et jc paric quc lcs officiers du cuirassé britannique leur prêtcront main forte !

— Personne ne saura que tu es partie.

— Dès demain matin, on s'apercevra forcément que la mariée a disparu ! Et alors...

— Ton père n'aura pas la moindre idée de ton départ, insista Caterina. La supercherie ne sera découverte que quelques jours plus tard, quand le duc me trouvera à bord de son cuirassé.

Elle marqua une pause avant d'annoncer d'un ton solennel :

— C'est moi qui vais épouser le duc à ta place.

— Tu ne peux pas faire cela ! s'écria Henriet.

— J'y suis fermement décidée. Cela te donnera au moins le temps de fuir. Le capitaine du yacht vous unira dès que vous serez en pleine mer… Et une fois que tu seras devenue la femme de Fritz, tu n'auras plus rien à redouter.

Visiblement partagée, Henriet ne savait plus que penser.

— Mais toi, ma pauvre Caterina ?

La jeune fille haussa les épaules.

— Moi, je n'ai pas de Fritz dans ma vie. Et je me sens de taille à affronter le duc de Dunlerton.

— Il va être furieux !

— Bah !

Les yeux d'Henriet étincelaient.

— Tu es si gentille ! s'exclama-t-elle. Tu es trop gentille ! Tu avais dit que tu trouverais le moyen de me sauver, mais je n'y croyais guère…

— Trêve de discours, coupa Caterina. Malca ira avec toi à minuit jusqu'à la maisonnette. Ensuite, elle reviendra ici, car il faut bien que quelqu'un m'aide à revêtir ta robe de mariée demain. Il faut également que quelqu'un m'accompagne à bord du cuirassé, ne serait-ce que pour empêcher qui que ce soit d'entrer dans ma cabine.

Le visage d'Henriet se crispa.

— Je vais devoir me passer de Malca ?

— Pendant quelques jours seulement. Dès notre première escale, elle quittera le cuirassé et s'arrangera pour aller à Brindisi. C'est là que toi et Fritz l'attendrez.

Henriet se leva et alla embrasser son amie.

— Ma chère Caterina, c'est trop… Jamais je ne pourrai te remercier assez. Je ne vais cesser de prier pour toi. Pourvu que tu ne sois pas trop malheureuse avec cet horrible duc…

Elle regarda son amie avec une admiration mêlée de crainte.

— Quand il saura que nous l'avons berné, il sera fou de rage !

— Je m'y attends.

— Vraiment ?

— Oui, il sera très en colère, c'est évident ! Mais une fois que sa fureur sera passée, il ne lui restera plus qu'à faire contre mauvaise fortune bon cœur. Comme je l'ai dit à Fritz, je suppose qu'il mènera sa vie de son côté et moi du mien. Si j'étais amoureuse de quelqu'un d'autre, je reconnais que ce serait un bien triste sort. Mais étant donné que je n'aime personne… cela ne me dérange pas trop d'avoir un mari que je ne verrai pratiquement jamais.

Après une pause, elle enchaîna :

— De toute manière, je soupçonne que c'était ainsi qu'il envisageait l'avenir avec toi.

Henriet embrassa de nouveau son amie. Ses yeux étaient pleins de larmes.

— Tu pleures ? s'étonna Caterina.

— Je pleure de joie, parce que je vais épouser celui que j'aime. Et, en même temps, je pleure sur toi…

4

Malca se mit en devoir de mettre quelques vêtements dans un sac de voyage en cuir.

— Il faudra que vous vous arrangiez avec cela jusqu'à ce que je puisse vous rejoindre, mademoiselle Henriet.

La femme de chambre, qui s'était occupée de la jeune princesse dès sa naissance, n'avait jamais pu se résoudre à l'appeler « Altesse ».

— Mais savez-vous ce que je ferai ? poursuivit-elle. Je remplirai une ou deux malles des vêtements que vous préférez et je vous apporterai tout cela à Brindisi.

— Vous pensez toujours à tout, Malca !

Henriet laissa échapper une exclamation.

— Et toi, Caterina ? Tu as apporté très peu de chose car tu ne pensais pas rester ici plus de deux ou trois jours !

— Comme nous sommes de la même taille, je me permettrai de t'emprunter ce qui me sera nécessaire, dit la jeune fille. Je vais jeter un coup d'œil dans tes placards...

— Choisis tout ce que tu veux.

— Je vais voir cela avec Malca.

Caterina esquissa un sourire sarcastique.

— Et une fois arrivée à Londres, je dévaliserai les boutiques de Bond Street !

Elle se dit que, de toute manière, le duc ne prêterait aucune attention à ses toilettes. Il lui en voudrait beaucoup trop pour s'intéresser à elle…

Il allait sûrement devenir un objet de risée du tout-Londres. On ferait des gorges chaudes au sujet de celui qui s'était rendu jusqu'au fin fond de l'Autriche pour se marier… et était revenu avec une autre que celle qu'il pensait avoir épousée.

Caterina haussa les épaules.

« Tant pis pour lui ! Je ne vais pas plaindre un homme aussi désagréable… Car on ne peut pas dire qu'il se soit montré très aimable depuis son arrivée au palais. »

Les pensées d'Henriet avaient dû rejoindre les siennes car elle déclara soudain :

— Comment réagiras-tu si le duc te fait une terrible scène ?

— Je verrai bien…

— Il va avoir l'air bien bête en arrivant en Angleterre. Comment expliquera-t-il qu'il a épousé la princesse de Theiss au lieu de la princesse d'Istria ?

— C'était justement ce que j'étais en train de me dire. Tout le monde va se moquer de lui !

— La reine va être furieuse !

— L'empereur aussi…

Caterina se mordit la lèvre inférieure. Elle se rendait compte que son petit stratagème risquait de mettre son père dans une situation délicate vis-à-vis de l'empereur François-Joseph.

— Puisque, à partir de minuit, tu vas prendre ma place, il va falloir que tu dormes dans ma chambre cette nuit, déclara soudain Henriet.

— Ce serait peut-être plus prudent.

— Ma robe de mariée est terminée. Les couturières voulaient la suspendre en face de mon lit, mais je n'ai pas voulu. Elles l'ont mise dans le boudoir.

Avec une pointe d'inquiétude, elle demanda :

— Veux-tu l'essayer ?

— Ce n'est pas la peine puisque nous avons la même taille. Si elle te va, elle me va forcément.

Il s'agissait d'une merveilleuse toilette... Mais Caterina, qui avait déjà vu son amie la porter au cours des essayages, la regarda à peine. Comment aurait-elle pu se passionner pour une tenue qui ne représentait pour elle qu'un déguisement ?

Un léger soupir lui échappa.

« Plutôt qu'Henriet, mieux vaut cependant que je la porte, moi. »

Et elle réprima un frisson en imaginant cette mousseline immaculée tachée de flots de sang...

Elle savait parfaitement que son amie n'avait pas eu recours au chantage lorsqu'elle avait menacé de se suicider.

« D'ailleurs, comment aurait-elle pu se douter que je pouvais me sacrifier pour elle ? »

Si la jeune princesse lui avait fait part de ses intentions, c'était tout simplement parce qu'elle avait l'habitude de se confier à elle. Il n'entrait aucun calcul là-dedans.

De nouveau, Caterina soupira.

Sans être une rêveuse, il lui était arrivé de se voir en mariée, au bras de l'homme qui lui était destiné de toute éternité...

« Existe-t-il, seulement ? se demanda-t-elle avec amertume. En tout cas, ce n'est certainement pas le duc de Dunlerton ! »

Elle essayait de ne pas trop penser à ce qui l'attendait. Car en réalité elle redoutait la réaction de son futur mari. Que dirait-il lorsqu'il comprendrait qu'il avait été dupé par les deux jeunes filles qu'il avait toisées avec autant d'indifférence que de mépris ?

Malca les rejoignit sur ces entrefaites.

— J'ai préparé votre sac, mademoiselle Henriet. Je m'occuperai des malles plus tard… J'ai autre chose à faire maintenant. Un travail de couture.

— Ah bon ! fit Henriet, surprise.

La femme de chambre se tourna vers Caterina.

— J'ai l'intention de doubler le tulle de votre voile, tout au moins la partie que vous rabattrez sur votre visage.

— Quelle bonne idée ! s'exclama la jeune fille.

— Ainsi, vous pourrez voir au travers, mais personne ne pourra vous reconnaître, même en s'approchant tout près de vous. Je parie que même Son Altesse le prince Adolphus n'aura aucun soupçon !

— Mais il ne faudra pas que tu ouvres la bouche, fit Henriet d'un air soucieux. Sinon la supercherie sera tout de suite découverte !

— Je serai bien obligée de prononcer quelques mots, ne serait-ce que le « oui » qui me liera pour la vie au duc ! Mais je m'arrangerai pour parler d'une voix que l'on pensera déformée par les larmes.

— Je dirai à Son Altesse que vous êtes dans un terrible état de nerfs et que vous avez pleuré toute la nuit à l'idée de devoir quitter votre pays pour suivre un homme que vous connaissez à peine, dit Malca.

Henriet hocha la tête d'un air approbateur.

— Mon père sait que je suis très émotive. Pour éviter une crise d'hystérie, il ne cherchera pas à raisonner celle qu'il prendra pour moi… Il restera prudemment à l'écart en priant le ciel de permettre que la cérémonie se termine sans drame.

— La cérémonie ? Ou bien la comédie ? fit Caterina à mi-voix.

— La comédie, si tu préfères.

— Espérons que je saurai tenir mon rôle convenablement.

— Quand nous jouions des saynètes en pension, tu étais la meilleure de nous toutes, lui rappela son amie.

— Malheureusement, il ne va pas s'agir d'une saynète, cette fois !

Henriet alla embrasser son amie.

— Dis-toi que tu me sauves la vie.

— Je m'arrangerai pour me faire conduire à bord du cuirassé avec toutes les malles que j'aurai préparées cette nuit, dit Malca. Je vous y attendrai, Altesse.

Caterina eut un rire sans joie.

— Vous n'avez pas de mal à me donner de l'Altesse, Malca.

— Mais je vous ai toujours appelée ainsi, Altesse.

— C'est vrai... et cela va nous rendre service. Il serait en effet bien fâcheux que vous vous trompiez et que vous disiez Mlle Caterina au lieu de Mlle Henriet !

— Ce serait dramatique ! s'exclama cette dernière.

— Donc, je vous attendrai à bord du cuirassé, Altesse, reprit Malca. Il n'y a pas de réception prévue, aussi je suppose que vous irez directement de la cathédrale au port ?

— C'est cela.

— Je vous emmènerai tout de suite dans votre cabine et, si je le peux, j'empêcherai milord d'aller vous voir.

— Vous n'aurez qu'à lui dire que j'ai une crise de nerfs ! Ensuite, vous prétendrez que je souffre du mal de mer... Bref, il faudra trouver mille et un prétextes pour l'empêcher d'entrer dans ma cabine.

— L'important étant de gagner du temps, déclara Malca. Je l'ai bien compris !

— Quand penses-tu avouer la vérité au duc ? demanda Henriet.

— Le plus tard possible.

La jeune fille s'efforçait de ne pas trembler à la perspective de l'épreuve qui l'attendait. Henriet, qui l'observait avec inquiétude, lui demanda timidement :

— As-tu le courage de descendre dîner ?

— Il le faut bien !

— Tu pourrais prétendre ne pas te sentir très bien… suggéra Henriet.

— Il serait bizarre que nous soyons toutes les deux souffrantes !

Avec un certain panache, Caterina assura :

— Je me sens capable de faire face à tous les ducs du Royaume-Uni !

— Vraiment ?

— Vraiment.

Caterina menaça son amie du doigt.

— En revanche, tu ferais bien, toi, de ne montrer à personne cette expression radieuse !

— Cela vaut mieux, renchérit Malca. Car Son Altesse le prince Adolphus aurait tout de suite la puce à l'oreille.

Déjà, la femme de chambre était à la porte.

— Je vais aller lui dire que vous êtes incapable d'avaler une bouchée car vous êtes dans un état de nervosité terrible, mademoiselle Henriet, déclara Malca. Pour faire bonne mesure, j'ajouterai que vous avez la migraine.

Avant de se préparer pour la soirée, Caterina s'accouda à la fenêtre et contempla le soleil qui descendait lentement à l'horizon dans un flamboiement de couleurs.

« Demain, à cette heure-ci, je serai en mer… Mais il faudra que je reste enfermée au lieu d'aller me promener sur le pont. Quel dommage ! »

Tant que le duc ignorerait qu'il avait été dupé, elle serait en effet obligée de se claquemurer dans sa cabine.

Elle se redressa fièrement.

« Je n'ai pas à avoir peur de lui ! Après tout, il s'est très mal conduit. Il n'a fait aucun effort d'amabilité envers sa future femme... Il l'a à peine regardée. C'était presque comme si elle n'existait pas ! »

Elle leva les yeux vers le ciel et son cœur se gonfla.

« Ma chère maman, me voyez-vous de là-haut ? Que pensez-vous de ma décision ? Me jugez-vous mal ? J'espère bien que non... Comment aurais-je pu laisser Henriet mourir ? »

Avec amertume, elle se dit que son amie, au moins, serait heureuse et connaîtrait l'amour. Ce qui ne risquait pas de lui arriver avec un homme aussi désagréable que le duc de Dunlerton !

L'arrivée de Malca interrompit ses réflexions.

— Il serait temps que vous descendiez dîner, Altesse.

— Déjà ?

— Mlle Henriet se repose un peu. Entre nous, c'était ce qu'elle avait de mieux à faire après toutes ces émotions !

Si Caterina ne répondit pas, elle n'en pensait pas moins.

« Et moi ? N'aurais-je pas besoin de me reposer avant de devoir affronter la colère du duc ? On me croit donc d'airain ? »

À sa grande surprise, la soirée se révéla être beaucoup moins pénible qu'elle ne l'escomptait. Elle craignait de se retrouver seule en compagnie du père d'Henriet et du duc de Dunlerton. Mais le prince Adolphus avait eu la bonne idée d'inviter une vingtaine de personnes, si bien que l'ambiance était assez animée.

Malca avait déjà dû prévenir le prince, car ce dernier dit à Caterina avec une bonne humeur forcée :

— Henriet a donc la migraine ? Bah ! Toutes les jeunes filles sont toujours un peu nerveuses la veille de leur mariage...

Le duc se contenta d'esquisser un sourire sardonique sans faire le moindre commentaire. Il n'eut même pas la courtoisie de demander des nouvelles de sa fiancée à Caterina.

« Plus je le vois, plus je le trouve antipathique », se dit celle-ci.

Certains invités avaient apporté un cadeau de noces et la jeune fille les remercia chaleureusement au nom d'Henriet.

— Elle va être heureuse que vous ayez pensé à elle. Je suis sûre que votre joli présent va la suivre en Angleterre.

— Quel dommage qu'elle soit souffrante ce soir ! s'exclama la femme du Premier ministre.

— Il s'agit d'une réaction assez normale, répondit Caterina. La perspective de devoir quitter son père et son pays la chagrine...

— Pauvre enfant ! Elle connaît à peine celui qu'elle épousera demain et elle va devoir vivre en Angleterre, un pays où elle n'est jamais allée de sa vie !

La femme du Premier ministre baissa la voix avant d'ajouter :

— Il paraît que tout le monde a peur de la reine Victoria !

— C'est ce que l'on raconte. Mais comme le duc de Dunlerton est l'un des proches de Sa Majesté, celle-ci devrait traiter Henriet avec gentillesse.

— Puissiez-vous dire vrai ! Il n'empêche que je plains beaucoup cette pauvre princesse. Ce n'est pas drôle pour une jeune fille de se retrouver dans une telle situation au nom de je ne sais quels intérêts supérieurs. On ne devrait se marier que par amour !

— Je suis bien de votre avis. Mais je crains fort que ceux qui nous gouvernent ne soient pas de grands sentimentaux.

Tout en disant cela, Caterina pensait que le duc était vraisemblablement le moins sentimental de tous…

À cause de la cérémonie du lendemain, la soirée ne se prolongea pas. Le prince Adolphus fit un court discours dans lequel il exprima sa joie de voir se resserrer les liens entre la principauté d'Istria, l'Autriche et l'Angleterre. Le duc fut bien obligé de se lever à son tour pour dire quelques mots.

— Je ne peux qu'approuver tout ce que vient de dire Son Altesse. Je garderai, croyez-moi, un excellent souvenir de mon séjour à Istria.

« Pour le peu de temps qu'il y a passé ! se dit Caterina avec ironie. Ah, quel cynique ! »

Le duc leva son verre et, sous les applaudissements, lança :

— Vive l'Angleterre, vive l'Istria et vive l'Autriche !

Le prince Adolphus ne pouvait pas demeurer en reste. Il se remit debout et porta un toast aux futurs mariés.

— Souhaitons-leur tous nos vœux de bonheur !

De nouveau, les applaudissements retentirent. Puis, peu à peu, les invités prirent congé.

Caterina attendit que le dernier d'entre eux soit parti pour aller embrasser le prince.

— Bonsoir, ma chère enfant, lui dit-il. Tu montes voir Henriet ?

— Je pense qu'elle doit dormir maintenant.

— Crois-tu qu'elle sera remise demain ?

— Cela m'étonnerait beaucoup, répondit Caterina, estimant utile de devoir préparer le terrain pour la comédie qu'elle allait jouer. Ces migraines sont tenaces !

Là-dessus elle fit une petite révérence au duc qui se contenta de lui adresser un signe de tête distant.

Non, Henriet ne dormait pas comme l'avait prétendu son amie ! Déjà toute habillée, elle attendait avec impatience le moment de partir.

— Où est Malca ? demanda Caterina.

— Elle est allée porter mon sac de voyage à la maisonnette. Elle estime que nous n'aurons pas grand-chose à craindre des sentinelles cette nuit car c'est la fête dans les rangs... Tout le monde boit à la santé de la future mariée.

— Je devrais être contente, fit Caterina avec mélancolie.

Henriet la regarda avec anxiété.

— Tu sais, tu peux encore changer d'avis, murmura-t-elle. Tu n'es pas obligée de te sacrifier pour moi.

Son amie lui adressa un sourire quelque peu forcé.

— J'ai pris une décision. Je m'y tiens !

Henriet alla l'embrasser.

— Jamais je ne pourrai te remercier assez ! Je prierai sans relâche pour que, toi aussi, tu trouves un jour le bonheur.

Malca revint sur ces entrefaites.

— Le commandant Fritz est déjà là.

— Oh ! J'y vais tout de suite ! s'écria Henriet.

— Non, non ! Il dit qu'il vaut mieux attendre minuit.

Henriet alla s'asseoir dans un fauteuil.

— Encore une demi-heure à patienter !

Elle se tourna vers son amie.

— J'aurais bien voulu que tu m'accompagnes jusqu'à la maisonnette pour que Fritz puisse te faire ses adieux et te remercier, mais Malca dit que ce ne serait pas prudent.

— Pas du tout, déclara la femme de chambre d'un ton péremptoire. Si nous avions le malheur de rencontrer une sentinelle, elle trouverait bien bizarre que vous vous promeniez toutes deux à une heure pareille.

Caterina haussa les sourcils.

— Et les sentinelles ne s'étonneraient pas en vous voyant dans le parc avec Mlle Henriet, Malca?

— Je dirais que, comme Mlle Henriet n'arrivait pas à dormir, j'ai pensé qu'un peu d'air frais lui ferait du bien.

— Cette explication me paraît plutôt tirée par les cheveux... murmura Caterina. À mon avis, il serait préférable que vous ne rencontriez personne.

— Quant à vous, Altesse, il faudra que vous vous enfermiez tout de suite après notre départ. Imaginez que quelqu'un entre dans la chambre de Mlle Henriet et vous y trouve!

— Qui pourrait entrer dans la chambre de Mlle Henriet?

— Il serait fort surprenant qu'un domestique prenne cette liberté, mais, par prudence, nous devons envisager toutes les éventualités.

— Vous avez raison.

Malca tendit à la jeune fille une feuille de papier pliée en quatre.

— Le commandant Fritz m'a chargée de vous remettre ceci, Altesse. C'est l'adresse du capitaine Helmut, l'un de ses amis. Ce dernier devrait toujours savoir où pouvoir joindre le commandant Fritz. Si vous devez écrire à Mlle Henriet, vous n'avez qu'à envoyer au capitaine Helmut votre lettre sous double enveloppe. Il se chargera de transmettre le courrier à sa destinataire.

— Très bien. Merci beaucoup.

Caterina se tourna vers son amie.

— Fritz pense à tout !

— Il est merveilleux ! fit Henriet d'un air rêveur.

Après une pause, elle enchaîna :

— Moi, je saurai où te joindre, Caterina. Duchesse de Dunlerton, Grosvenor Square, Londres !

Caterina parut plus déprimée que jamais.

— Oui, c'est cela...

Impulsivement, Henriet la prit dans ses bras.

— Comment puis-je t'exprimer ma gratitude ? Les mots ne sont pas assez forts...

— Je serai récompensée en te sachant heureuse avec Fritz. Et je vais prier pour que, une fois le choc passé, ton père accepte de te revoir.

— Crois-tu que cela arrivera ?

— Cela ne se fera pas en quelques jours. Il sera très en colère quand il comprendra que nous nous sommes jouées de lui... Cependant je suis sûre que, le temps aidant, il arrivera à te pardonner.

Henriet pressa les mains de son amie.

— Celui qui va être le plus furieux de tous sera le duc...

— Je le crains.

— Mais tu es tellement habile que je suis sûre que tu trouveras le moyen de l'amadouer.

Caterina eut un rire bref.

— Je doute qu'un homme comme lui puisse être amadoué. Malgré tout, je suis prête à l'affronter !

Elle embrassa son amie.

— Ne te fais pas de souci pour moi, ma chère Henriet. Tout ce que je demande, c'est que tu sois heureuse avec celui que tu aimes.

— Il va m'emmener aux Indes, puis au Japon. Nous t'enverrons de merveilleux cadeaux de chacun des pays que nous visiterons.

Elle pouffa avant d'ajouter :

— Mieux vaut que le duc ne sache pas qui te les envoie !

Caterina ne se faisait guère d'illusions.

— Je ne crois pas qu'il me posera beaucoup de questions.

Accepterait-il seulement de lui parler ? De la voir ? Peut-être déciderait-il, dès leur arrivée à Londres, de se séparer d'elle ? À moins qu'il ne la renvoie à Theiss ? Tout était possible...

Jugeant inutile de faire part de ses craintes à Henriet, elle lui dit avec une bonne humeur forcée :

— Dès que Fritz et toi aurez une adresse fixe, il faudra que tu me la donnes.

— Bien sûr. Et tu viendras nous voir !

« À condition que le duc me permette de me déplacer, pensa Caterina avec accablement. Il sera peut-être tellement fâché contre moi qu'il m'obligera à passer le reste de ma vie enfermée dans une cave, un grenier... ou un couvent ! Oui, tout est possible ! »

Malca, qui était sortie, ne tarda pas à revenir.

— Je crois, mademoiselle Henriet, que nous pouvons maintenant quitter le palais sans courir le moindre risque. Même si vous passiez en revue les gardes qui sont censés être de faction devant les portes du palais, je parie qu'ils ne vous remarqueraient même pas !

— Pourquoi ?

— Parce qu'ils ont tous beaucoup trop bu !

— Vraiment ?

— Qu'ont-ils bu ? demanda Caterina.

— Du champagne.

Henriet haussa les sourcils.

— Mon père a donné l'ordre que les sentinelles boivent du champagne ? demanda-t-elle avec incrédulité.

— Une bouteille par personne.

— J'ai peine à le croire...

Malca eut un sourire entendu.

— Peut-être n'ai-je pas bien entendu les instructions de Son Altesse ? En tout cas, ce sont celles que j'ai transmises aux cuisines...

— Malca, c'est vous qui avez inventé tout cela ! s'exclama Henriet.

— Il fallait bien que vous puissiez partir sans encombre.

— Oh, là, là ! Quand mon père apprendra que les sentinelles ont bu tout son champagne...

— Ne vous inquiétez pas, mademoiselle Henriet. Il reste assez de caisses pour abreuver tout un régiment !

En dépit de son anxiété, Caterina ne put s'empêcher de rire.

— Vous avez plus d'un tour dans votre sac, Malca !

— De toute manière, Son Altesse ne pourra pas me punir pour avoir gaspillé son précieux champagne. Je serai loin ! Et vous aussi, mademoiselle Henriet, termina-t-elle en posant une cape sombre sur les épaules de la jeune fille.

Lorsque cette dernière embrassa Caterina, elle pleurait. Son amie la gronda gentiment.

— Pourquoi ces larmes ? Tu devrais sourire...

— Merci, ma chère Caterina. Du fond de mon cœur, du fond de mon âme, merci !

— Sois heureuse, ma chère Henriet, redit la jeune fille. C'est tout ce que je demande.

Restée seule, Caterina s'enferma à double tour dans les appartements d'Henriet. Désormais, seule Malca, qui possédait un double de la clef, pouvait entrer.

« À partir de maintenant, je ne suis plus Caterina, mais Henriet », se dit-elle.

Elle revêtit l'une des chemises de nuit de son amie et se mit au lit. Persuadée qu'elle ne parviendrait pas à fermer l'œil de la nuit, elle prit l'un des romans d'amour qu'appréciait tant son amie.

Mais l'épuisement eut raison d'elle. À peine avait-elle lu quelques pages que le livre lui tomba des mains.

Un peu plus tard, quand Malca entra sur la pointe des pieds dans la chambre, la jeune fille dormait profondément.

La femme de chambre la contempla en soupirant. Avec ses boucles dorées et ses longs cils ombrant ses joues veloutées, Caterina était ravissante. Et comme elle paraissait vulnérable en cet instant !

— Pauvre petite ! murmura Malca. Elle a bien du courage... J'ai cependant très peur que cette brute d'Anglais ne lui en fasse voir des vertes et des pas mûres !

De nouveau, Malca soupira. Puis elle souffla les bougies et se retira sur la pointe des pieds.

Caterina s'éveilla de très bonne heure le lendemain. En voyant le soleil pénétrer à flots dans la pièce, elle sourit. Une belle journée s'annonçait !

Ce fut seulement lorsqu'elle s'aperçut qu'elle n'était pas dans sa chambre, à Theiss, ni dans celle qu'elle occupait d'ordinaire à Istria que la mémoire lui revint.

« Mon Dieu ! C'est aujourd'hui que je dois épouser le duc de Dunlerton à la place d'Henriet ! »

Lorsqu'elle était arrivée au palais, à la demande de son amie, elle était bien loin de se douter que son existence allait complètement basculer. Et elle ne se trouvait qu'au début d'un grand bouleversement ! Comment les événements allaient-ils tourner ? Nul ne pouvait le prévoir.

Pour le moment, elle devait se concentrer de manière à jouer le mieux possible le rôle d'Henriet. Il lui faudrait imiter les gestes de son amie, sa démarche…

Mais cachée sous le long voile de tulle dont Malca avait eu la bonne idée de doubler la partie qui se rabattait sur son visage, elle savait pouvoir donner le change.

Après avoir frappé un coup léger à la porte, Malca fit son entrée dans la chambre avec un plateau sur lequel était posé un appétissant petit déjeuner.

— Oh, vous êtes déjà réveillée, Altesse !

— Oui. Figurez-vous que j'ai très bien dormi ! Moi qui pensais passer une nuit blanche… Mlle Henriet et le commandant Fritz ont-ils pu partir sans difficultés ?

— Cela n'aurait pas pu mieux se passer. Nous n'avons pas croisé une seule sentinelle ! Maintenant, mon bébé et le commandant sont loin.

— Le capitaine du yacht doit les avoir déjà mariés.

— Probablement.

Caterina but un peu de café et grignota un demi-croissant.

— Et vos œufs, Altesse ?

— Je n'ai pas faim…

— Il faut manger, sinon vous allez vous évanouir dans la cathédrale. On soulèverait le voile… et le pot aux roses serait découvert !

— Oh, mon Dieu ! Vous m'avez convaincue, Malca. Je vais me forcer...

Tout en terminant des œufs brouillés crémeux à souhait, Caterina déclara :

— C'est surtout en allant du palais jusqu'à la cathédrale en compagnie du prince Adolphus que je vais courir le plus grand risque d'être reconnue.

— En effet, Altesse.

— Malca, il faudrait maintenant que vous alliez trouver le prince. Prétendez que je suis dans un état terrible. Dites-lui qu'il vaut mieux qu'il ne m'adresse pas la parole, car je risquerai alors d'avoir une crise de nerfs.

— Voilà une bonne idée. Le prince Adolphus connaît sa fille. Il aura tellement peur qu'elle ne fasse une scène qu'il n'osera pas dire un mot...

— Ce qui m'évitera d'avoir à répondre. Si par hasard j'y étais obligée, je le ferai d'une voix étouffée par les larmes. Et puis je garderai la tête baissée et j'aurai toujours un mouchoir à la main.

— Je vois que vous avez pensé à tout, Altesse.

Après avoir pris un bain, Caterina se mit en devoir de revêtir la robe de mariée de son amie.

Tout en fixant le diadème en diamants sur la tête de la jeune fille, la femme de chambre déclara :

— Je m'aperçois pour la première fois que vos cheveux sont un peu plus pâles que ceux de Mlle Henriet. Mais personne ne remarquera rien, surtout sous le voile.

Malca mit ensuite le collier en perles et en diamants autour du cou de Caterina.

— Ah, quel dommage que Mlle Henriet ne puisse pas garder ce joli collier !

Caterina eut un sourire sarcastique.

— Même si cela avait été possible, je doute qu'elle ait voulu accepter un cadeau de la part du duc ! Bah, le commandant Fritz lui offrira de bien plus beaux colliers que celui-là !

Le visage de Malca s'éclaira.

— Que Dieu les bénisse ! Et que Dieu vous bénisse aussi, Altesse.

La jeune fille eut un rire qui ressemblait plutôt à un sanglot.

— Je vais bien avoir besoin de son aide. Mais Dieu accepte-t-il de venir au secours de ceux qui, de leur plein gré, se précipitent dans l'enfer des mensonges et des faux-semblants ?

5

Caterina descendit lentement le grand escalier d'honneur, suivie par Malca qui portait sa traîne.

Le prince Adolphus l'attendait en faisant les cent pas dans le hall.

— Ah, te voilà enfin, ma chère enfant ! Tu es une bien jolie mariée !

Au lieu de répondre, la jeune fille fit mine d'étouffer un sanglot.

Visiblement mal à l'aise, le prince soupira. Il adorait sa fille et devait être désolé de la voir partir si loin de lui, après avoir épousé un homme qu'elle connaissait à peine. Mais comment aurait-il pu aller contre les décisions de l'empereur d'Autriche ?

Un carrosse doré, auquel étaient attelés quatre superbes chevaux blancs harnachés d'or et de rouge, attendait en bas du perron. Un petit détachement de cavalerie le précédait et un autre le suivait. Caterina remarqua que le cocher était en livrée de gala, tout comme les valets en perruque poudrée. Quant aux officiers, ils étaient en grande tenue.

La jeune fille s'assit dans le carrosse en détournant la tête. Le prince Adolphus soupira de nouveau en prenant place à côté d'elle.

Il n'osait pas la regarder et Caterina se dit que cela valait cent fois mieux ainsi, même si elle se sentait protégée par les deux épaisseurs de son voile.

Les habitants d'Istria, qui n'avaient pu être prévenus qu'à la dernière minute, étaient cependant très nombreux à se presser dans les rues. Les cloches sonnaient à toute volée et des acclamations retentissaient au passage du carrosse, tandis que des enfants jetaient des fleurs ou brandissaient des petits drapeaux aux couleurs de l'Istria, de l'Autriche ou de l'Angleterre.

Le prince agitait la main pour répondre aux ovations de la foule. Quant à Caterina, tête basse, toute secouée de sanglots, elle semblait être l'image vivante du désespoir.

Les foules devenaient de plus en plus denses au fur et à mesure que le carrosse s'approchait de la cathédrale. La jeune fille se demanda s'il y avait des espions russes parmi tous ces gens... Et, si c'était le cas, ce qu'ils pensaient de l'union totalement inattendue de la princesse d'Istria avec un cousin de la reine Victoria...

Les cloches de la ville sonnaient toujours quand le carrosse s'arrêta devant le porche de la cathédrale où un tapis rouge avait été déroulé.

Le prince sortit de voiture et, sous les vivats de ses sujets, tendit la main à celle qu'il prenait toujours pour sa fille afin de l'aider à descendre.

— Prends tout ton temps pour gravir les marches, dit-il avec sollicitude. Ce ne serait pas le moment de trébucher !

Il lui adressait la parole pour la seconde fois seulement. Apparemment, il avait pris très au sérieux les recommandations de Malca !

« Jusqu'à présent, tout va bien, pensa Caterina. Il n'a aucun soupçon... Mais l'épreuve est loin d'être finie ! »

Lorsqu'ils pénétrèrent dans la cathédrale, les grandes orgues se mirent à gronder majestueusement, tandis que résonnaient les trompettes.

Il y avait énormément de monde dans la nef. Des habitants d'Istria vraisemblablement, car étant donné la rapidité avec laquelle ce mariage s'était décidé, il n'avait pu être question d'inviter les têtes couronnées d'Europe.

Lentement, le prince Adolphus et sa « fille » remontèrent l'allée.

Devinant qu'elle était devenue le point de mire de tous les regards, Caterina se tassa encore un peu plus sur elle-même et, sous le voile qui dissimulait ses traits, porta son mouchoir à ses yeux.

« Une jeune mariée se devrait d'être radieuse, pensa-t-elle. Ceux qui me voient en ce moment doivent être terriblement déçus... Mais qu'y puis-je ? Il faut bien que je donne le change. La vie d'Henriet est à ce prix. Son bonheur aussi ! »

Vêtu d'un uniforme constellé de décorations, le duc attendait debout devant l'autel.

Caterina n'avait pas oublié les recommandations de son amie.

— Surtout, garde tes gants jusqu'à la dernière minute ! lui avait dit celle-ci. Tes mains sont beaucoup plus petites et beaucoup plus racées que les miennes...

— Allons donc !

— C'est pourtant ainsi. Vois !

Henriet avait posé sa main à plat à côté de celle de Caterina. Et cette dernière avait dû reconnaître qu'elle disait vrai...

— Mon père aura certainement trop à penser pour faire attention à des détails de ce genre. Mais mieux vaut tout prévoir !

— Tu as raison.

Lorsque le prince Adolphus, après avoir conduit la mariée auprès du duc, alla s'asseoir au premier rang, Caterina jugea qu'elle pouvait ôter ses gants.

La cérémonie quoique relativement courte, fut cependant très émouvante. L'accompagnement des grandes orgues, des trompettes et des chœurs lui donnait une note fort solennelle.

« Je me souviendrai toute ma vie du jour de mon mariage, se dit la jeune fille avec une soudaine émotion. Reste à savoir ce qui m'attend ensuite ! »

L'archevêque, assisté de trois prêtres, bénit l'alliance qui était posée sur un coussin de velours rouge.

— George Henry Charles, voulez-vous prendre pour épouse Henriet Caterina Maria ?

— Je le veux, déclara le duc d'une voix ferme.

Henriet et Caterina étaient nées le même jour. Et Caterina avait complètement oublié que, par jeu, les princes d'Istria avaient baptisé leur fille Henriet Caterina Maria, tandis que les siens avaient choisi d'appeler la leur Caterina Henriet Maria.

« Dans ces conditions, même si le duc essayait d'obtenir la nullité de ce mariage, je doute que ce soit possible. En revanche, si nous avions eu des prénoms totalement différents, il aurait pu aisément se débarrasser de moi. »

Pour la première fois, elle s'en voulut d'avoir tendu un tel piège à un parfait inconnu. Mais avait-elle une autre solution ?

— Henriet Caterina Maria, voulez-vous prendre pour époux George, duc de Dunlerton ?

— Je le veux, fit la jeune fille d'une voix étouffée, pratiquement inaudible.

— Je vous déclare unis par le sacrement du mariage !

« Une seconde étape vient de s'accomplir », pensa Caterina, pendant que le duc lui passait l'alliance qu'elle avait déjà essayée à l'annulaire gauche.

Elle s'agenouilla ensuite pour recevoir la bénédiction du prélat.

Les mariés durent ensuite se rendre à la sacristie afin de signer le registre des mariages. La jeune fille savait que ce moment-là serait crucial, lui aussi. Elle releva à peine son voile et se cacha le visage avec son mouchoir avant de signer d'une écriture tremblante : Caterina Henriet Maria.

Si quelqu'un remarquait l'inversion des prénoms, ce serait probablement mis sur le compte de sa nervosité.

Mais à son grand soulagement, nul n'eut l'idée de prêter attention à sa signature, pas plus qu'à celle du duc. L'archiprêtre signa à son tour le registre avant de le fermer et de le confier à un diacre.

Puis le duc offrit son bras à la jeune fille et tous deux descendirent lentement l'allée centrale de la cathédrale, tandis que l'organiste jouait une marche nuptiale ponctuée de sonneries de trompettes.

Lorsqu'ils sortirent, une clameur monta de la foule. On tirait des coups de canon et toutes les cloches de la ville sonnaient. Les enfants se mirent à lancer aux mariés des pétales et des grains de riz.

Caterina gardait la tête baissée et les épaules voûtées. Elle savait qu'elle aurait dû relever son voile et sourire. Mais comment aurait-elle pu agir ainsi ? Les habitants d'Istria connaissaient leur princesse et la supercherie aurait été immédiatement découverte.

« Je suis vraiment désolée de décevoir le peuple, se redit-elle. Hélas, il n'y a pas d'autre solution ! »

Avant qu'elle ne monte dans le carrosse, le prince Adolphus la prit dans ses bras. Elle devina alors qu'il était aussi ému qu'elle. Tellement ému qu'il ne s'aperçut pas que c'était une autre que sa fille qu'il embrassait à travers les épaisseurs de tulle.

— Courage, ma chère enfant, murmura-t-il.

Quelques instants plus tard, toujours précédé et suivi de deux détachements de cavalerie, le carrosse doré s'ébranla sous les vivats et les acclamations assourdissantes des spectateurs.

— Ouf! fit le duc entre ses dents.

Caterina pinça les lèvres.

« Charmant! » pensa-t-elle.

Au lieu de monter vers le palais, le cortège descendit vers le port. Il n'y avait pas beaucoup plus de monde sur les quais que d'ordinaire. Cela n'avait rien de surprenant, pour la bonne raison que jamais les badauds n'auraient pu imaginer que les mariés allaient tout de suite quitter Istria. Ils avaient dû penser qu'une grande réception était prévue au palais, et c'était certainement devant les grilles qu'ils étaient maintenant tous rassemblés.

À part ce « ouf! », le duc n'avait pas une seule fois adressé la parole à Caterina depuis qu'ils avaient quitté la cathédrale.

Le capitaine, les officiers et tous les hommes d'équipage, en grand uniforme, se tenaient sur le pont d'un imposant cuirassé fortement blindé, auquel on avait réussi à donner une allure de fête en le décorant de guirlandes de drapeaux.

— Il faut que je vous présente le capitaine, fit le duc avec agacement, juste au moment où ils s'apprêtaient à gravir la passerelle.

Caterina, qui n'avait pas prévu cela, se dit qu'il lui fallait absolument trouver une parade.

— Je... je crois que je vais m'évanouir, balbutia-t-elle en s'agrippant à la main courante.

Le duc n'hésita pas une seconde. Il la souleva sans effort et la transporta sur le pont, sous les acclamations des quelques badauds qui étaient là.

Malca, qui guettait la jeune fille, accourut en levant les bras au ciel.

— Mon Dieu ! Que se passe-t-il ?

— Votre maîtresse était sur le point de s'évanouir. Il faudrait qu'elle s'étende.

— Oui, bien sûr ! Pouvez-vous la porter jusqu'à sa cabine, s'il vous plaît, milord ? Je vais m'occuper d'elle...

Caterina, outre le double voile de tulle, avait le visage dissimulé par le mouchoir qu'elle ne cessait de presser sur ses yeux. Elle devina que le duc l'emmenait le long d'une coursive. Une porte s'ouvrit, puis il la déposa sur un lit.

— Ne vous inquiétez pas, je vais m'occuper d'elle, milord, répéta Malca. Après les émotions de ces derniers jours, cela ne m'étonne pas que Son Altesse ait eu une telle réaction. Elle est tellement sensible !

— Peuh !

— Ce dont elle a besoin maintenant, c'est de repos. Il ne faut la déranger à aucun prix.

— Vous n'avez aucune crainte à avoir de ce côté, fit le duc avec ironie. Si vous avez besoin de quoi que ce soit, il vous suffit de vous adresser à mon valet.

— Merci, milord.

La porte se referma. Puis Malca donna un tour de clef dans la serrure avant de revenir vers la soi-disant Henriet.

— Il est parti, chuchota-t-elle.

Caterina souleva enfin son voile.

— Quelle épreuve...

— Tout s'est bien passé ?

— Oui, heureusement.

— Dieu soit loué !

— Personne n'a eu le moindre soupçon. Même pas le prince Adolphus.

— Bravo ! J'avais si peur...

— Moi aussi, admit Caterina.

— Maintenant, il faut que vous vous mettiez au lit, Altesse. Personne ne doit vous voir avant que nous ne soyons bien loin d'ici.

Déjà, les moteurs trépidaient.

— Voilà ! Nous partons ! dit Malca qui s'était approchée d'un hublot. Tiens, il y a déjà un peu plus de monde que tout à l'heure...

Sur le quai, une fanfare se mit à jouer, tandis que quelques acclamations retentissaient.

Caterina se sentit confuse.

— Le duc est certainement sur le pont. Et je devrais être avec lui pour faire mes adieux aux habitants d'Istria... Hélas, c'est impossible !

— N'ayez surtout pas de remords, Altesse. Dites-vous que vous avez fait pour le mieux... Et je vous assure que mes compatriotes se souviendront longtemps d'avoir vu leur princesse monter à bord du bateau qui allait l'emmener en Angleterre dans les bras de son séduisant mari !

Caterina fit la grimace.

— Je ne le trouve guère séduisant... Il a jusqu'à présent fait tout ce qu'il pouvait pour se montrer désagréable.

Elle frissonna avant d'ajouter :

— Et je suppose que ce n'est qu'un début !

Lorsque Malca l'aida à ôter la somptueuse robe de mariée brodée de cœurs en perles et en diamants, Caterina laissa échapper un petit soupir.

— Je n'ai jamais vu une aussi jolie toilette. Elle est digne d'un musée. Quel dommage qu'elle n'ait été portée que si peu de temps !

— Qui sait ? Votre fille sera peut-être bien heureuse de la mettre le jour de son mariage.

Caterina soupira de nouveau.

— Aurai-je un jour des enfants ?

— Vous venez de vous marier, lui rappela doucement Malca.

— Drôle de mariage! s'exclama Caterina en haussant les épaules. Je ne me fais pas d'illusions... Je sais que le duc est tout à fait capable d'en demander l'annulation dès qu'il s'apercevra qu'il a été trompé.

Avec inquiétude, Caterina regarda autour d'elle.

— Pourvu que personne ne puisse nous entendre...

— Avec le ronronnement des moteurs? Cela m'étonnerait.

Après avoir enfilé la chemise de nuit que Malca avait dépliée, Caterina se remit au lit.

— Je vois que j'ai droit à une confortable cabine, remarqua-t-elle.

— C'est celle du capitaine.

Malca se mit à pouffer.

— Entre nous, je ne crois pas qu'il soit très content d'avoir dû vous la laisser!

— Je le comprends!

Avec anxiété, Caterina demanda :

— Et où dort le duc?

— Juste à côté. La cabine que vous occupez est, de loin, la plus confortable de ce bateau. Toutes les autres sont très petites.

— Il ne faut pas oublier que nous sommes à bord d'un navire de guerre!

Caterina se mordit la lèvre inférieure presquc au sang.

— Je... je suppose que... que tout le monde s'attend à ce que le duc partage ma couchette?

— Vous êtes souffrante! coupa Malca d'un ton sans appel.

— Espérons que cela suffira à l'écarter...

La femme de chambre observa Caterina avec inquiétude.

— Vous vous êtes lancée dans une aventure bien compliquée, Altesse… ne put-elle s'empêcher de déclarer.

— Je le sais. Et je suis prête à faire face aux conséquences de mon acte.

Avec un sourire un peu amer, Caterina poursuivit :

— Je peux me dire que, grâce à moi, Henriet est toujours en vie.

— Et que vous avez fait son bonheur, Altesse ! s'exclama Malca avec élan.

— Je suppose que c'est cela ma récompense, fit Caterina à mi-voix.

— Tout a marché comme sur des roulettes suivant votre plan. Pourquoi cela ne continuerait-il pas ?

— Beaucoup d'inconnues subsistent. Jusqu'à présent, il m'a suffi de me dissimuler sous mes voiles… Ce n'était pas si compliqué, en fin de compte ! Mais que se passera-t-il une fois que le duc découvrira la vérité ?

— Ne pensez pas à cela maintenant, Altesse.

— Vous avez raison…

— Reposez-vous tranquillement.

— Je n'ai aucune envie de rester au lit à cette heure-ci ! Je ne suis pas du tout fatiguée. Que ne donnerais-je pas pour aller me promener sur le pont !

— Vous savez bien que c'est impossible.

— Hélas !

Après un silence, Caterina demanda :

— Pourrais-je avoir une tasse de thé ou de café, Malca ?

À sa grande surprise, la femme de chambre secoua négativement la tête.

— Certainement pas, Altesse !

— Mais…

— Vous êtes censée dormir. C'est du moins ce que j'ai l'intention de dire à milord. Je prétendrai que vous êtes terrassée par le mal de mer.

— Moi qui ne l'ai jamais eu de ma vie ! Il faudra donc que je reste à jeun ?

— Ne vous inquiétez pas, je m'arrangerai pour vous apporter à manger en cachette.

Malca sortit un petit paquet de sa poche.

— Voici déjà quelques biscuits. Et vous avez de l'eau sur votre table de nuit.

— Merci, Malca.

Caterina avait déjà vu que le verre se trouvait placé dans une espèce d'alvéole spécialement aménagé pour l'empêcher de se renverser par gros temps.

— Et maintenant, je vais vous laisser, Altesse, reprit la femme de chambre. Pour éviter toute incursion de... de curieux, je fermerai la porte à clef.

— Je me sentirai plus en sécurité ainsi.

Caterina esquissa un sourire ironique.

— J'ai des biscuits, de l'eau, de la lecture... Bref, tout ce qu'il faut pour voyager agréablement !

— Je reviendrai le plus vite possible pour vous raconter tout ce qui se passe à bord.

Après le départ de la femme de chambre, Caterina se leva et alla jeter un coup d'œil au hublot.

Elle ne vit que la mer, très bleue et très calme sous un ciel sans nuages.

« Le duc va avoir une piètre opinion de moi lorsqu'il apprendra que je suis obligée de rester au lit par un temps pareil ! Eh bien, je suppose qu'il ne me reste plus qu'à prendre mon prétendu mal en patience ! »

En soupirant, elle alla se recoucher et ouvrit l'un des livres qu'elle avait demandé à Malca de mettre dans ses bagages.

Une heure plus tard, la femme de chambre revint.

— Vous ne dormez pas, Altesse ? demanda-t-elle en posant sur une commode ce que Caterina prit pour une pile de serviettes blanches.

— Au milieu de la journée ? Vous voulez rire ! Racontez-moi ce qu'a dit le duc quand vous lui avez appris que j'étais souffrante ?

— Il s'est contenté de hausser les épaules.

— Cela ne m'étonne pas de lui.

— Puis il a déclaré poliment : « J'espère qu'elle se remettra vite. » Et il s'est remis à manger.

— Parce qu'il mange, lui ? s'écria Caterina.

Avec un rire sarcastique, elle ajouta :

— Évidemment, il n'a pas le mal de mer !

— Le cuisinier du palais a confectionné un délicieux déjeuner à l'intention des nouveaux mariés.

— Et je n'ai même pas le droit d'en avoir une bouchée alors que je meurs de faim ! La vie est injuste !

— Regardez, Altesse !

Malca s'approcha de ce que Caterina avait pris pour une pile de serviettes et découvrit un plateau métallique sur lequel était disposé le plus appétissant des repas.

— Ne vous plaignez pas tant, Altesse ! Voici votre déjeuner de noces !

— Comment avez-vous pu vous arranger pour m'apporter cela, Malca ?

— Je me suis déjà fait quelques amis à la cuisine. J'ai dit que j'allais essayer de tenter malgré tout votre appétit... Et que si vous ne vouliez rien avaler, ce serait moi qui me dévouerais !

Caterina éclata de rire.

— Vous êtes pleine de ressources !

Elle se leva et revêtit un déshabillé en plumetis assorti à sa chemise de nuit.

— De toute manière, il y a là bien assez pour deux.

Les émotions de la matinée avaient ouvert l'appétit de Caterina. Elle fit honneur comme il convenait au foie gras poêlé aux raisins, au filet de bœuf en croûte et aux petits choux à la crème qui devaient faire partie d'une pièce montée.

— Ah, je me sens beaucoup mieux maintenant, Malca ! Je serais même prête à faire face au duc s'il le fallait !

— Pour cela, Altesse, mieux vaut attendre un peu.

— Vous avez raison. Nous ne sommes pas encore très loin d'Istria. Le duc serait capable d'ordonner au capitaine du *H.M.S. Endurance* de faire demi-tour pour me déposer sur le quai avec armes et bagages !

— Et son Altesse le prince Adolphus enverrait immédiatement la marine aux trousses du commandant Fritz et de Mlle Henriet !

Malca reprit le plateau.

— Je vais porter cela aux cuisines. Je dirai que vous n'avez pu grignoter qu'un petit morceau de pain.

Caterina, en dépit de son inquiétude quant à l'avenir, ne put s'empêcher d'éclater de rire.

— Ils vont penser que vous allez grossir si vous mangez comme quatre !

— Bah ! Laissez-les penser ce qu'ils veulent… Le plus important, c'est qu'ils confirment que vous êtes souffrante si milord leur posait des questions.

— Malca, puis-je vous demander un service ?

— Naturellement, Altesse.

— Si par hasard vous trouviez des livres, pourriez-vous me les apporter ?

Cette requête parut surprendre la femme de chambre.

— Des livres ? Mais vous en avez déjà !

— Très peu. Et je lis vite… d'autant plus que je n'ai rien d'autre à faire !

— Je vais voir, Altesse. Mais je ne vous promets rien, n'oubliez pas que nous sommes sur un cuirassé.

— Oh, je le sais !

— Vous n'avez pas encore pu le visiter… mais si vous croyez qu'un navire de guerre ressemble à un paquebot ou à un yacht !

— Je me doute bien que cela n'a rien à voir. Cependant les officiers de marine ne sont pas des gens incultes. Il y a peut-être une bibliothèque à bord…

— Cela m'étonnerait, mais je peux toujours jeter un coup d'œil.

Malca demeura absente une partie de l'après-midi. Lorsqu'elle revint, elle apportait une tasse de thé, quelques biscuits… et trois livres.

— Voyez ! s'exclama Caterina. Vous avez trouvé la bibliothèque ?

— Il n'y en a pas.

— Non ? Alors d'où viennent ces ouvrages en anglais ?

— Ils appartiennent à milord. C'est son valet qui me les a prêtés.

— Milord a apporté de la lecture ? demanda Caterina avec un visible étonnement.

— D'après son valet, milord ne voyage jamais sans une pile de livres.

— Vous me surprenez.

Il y avait là un roman signé d'un des meilleurs auteurs anglais. Le second et le troisième volume étaient consacrés à l'histoire de l'Autriche.

Caterina était de plus en plus étonnée.

« Le duc aurait donc voulu rafraîchir ses connaissances avant de venir à Istria ? Je dois admettre que c'est un point en sa faveur. Le premier ! »

Il lui avait paru tellement indifférent jusqu'à présent ! Jamais elle n'aurait pensé qu'il pouvait s'intéresser à autre chose qu'à son propre pays.

Comme le duc de Dunlerton ne voulait pas perdre de temps, le cuirassé fit route pendant toute la nuit, alors qu'un yacht aurait jeté l'ancre dans une crique paisible.

Bercée par le ronronnement des moteurs et le bruit des vagues contre la coque, Caterina dormit d'une traite. Ce fut Malca qui, le lendemain matin, la réveilla en lui apportant son petit déjeuner.

— Milord demande si vous vous sentez assez bien aujourd'hui pour monter sur le pont.

Caterina frissonna.

— Il faudra bien que je me résigne à l'affronter. Mais le plus tard possible ! Où sommes-nous ?

— Beaucoup plus loin que je ne l'aurais pensé. Nous devrions atteindre Brindisi demain. Je crois que le bateau y fera une brève escale pour se ravitailler en carburant.

— Et vous avez hâte de retrouver Mlle Henriet...

— Oui, bien sûr. Mais pour le moment, c'est vous qui avez besoin de moi, Altesse.

— C'est certain !

— Que dois-je dire à milord ?

— Que je ne suis pas encore remise.

Caterina soupira.

— Et pourtant, Dieu sait combien j'aimerais aller sur le pont pour voir les vagues se briser sur l'étrave !

Elle adorait la mer et avait toujours regretté que la principauté de Theiss en soit assez éloignée. En revanche, celle d'Istria se trouvait en bordure de l'Adriatique.

— Il est trop tôt pour que je me montre, décida-t-elle.

— Il faudra bien en arriver là, pourtant !

— Laissez-moi encore un peu de temps, Malca...

En fin d'après-midi, la femme de chambre vint trouver la soi-disant malade.

— Milord m'a chargée de vous dire que, si vous vous sentiez mieux, il serait heureux de dîner avec vous. Je lui ai répondu que vous étiez beaucoup plus calme maintenant, mais que vous dormiez presque tout le temps.

Caterina laissa échapper un rire sans joie.

— À vous entendre, je suis devenue quasiment grabataire ! Ce qui, à vrai dire, n'est pas faux ! Je commence à me sentir malade à force de rester enfermée entre ces quatre murs !

— Je pense, Altesse, que vous pourriez aller dîner avec milord. Tout danger est passé.

— Croyez-vous ?

— Nous sommes maintenant bien loin d'Istria !

— Soit...

Avec anxiété, Caterina murmura :

— Je crains beaucoup la réaction de milord.

— Il vous faudra bien lui faire face tôt ou tard !

— C'est certain...

Caterina hocha la tête.

— Bon ! J'accepte de dîner avec... avec ce loup-garou ! Et s'il se montre odieux – ce que je crains ! –, je pourrai toujours retourner m'enfermer ici. À quelle heure doit être servi le dîner ?

— À huit heures, Altesse.

— Dites à milord que je monterai me promener sur le pont un peu avant de passer à table.

— Très bien, Altesse. Je vais aller le prévenir.

À peine la femme de chambre était-elle sortie que, déjà, Caterina regrettait d'avoir accepté de quitter l'abri tout relatif de cette cabine.

Comment le duc allait-il réagir ?

« Je vais passer un moment difficile, c'est indéniable ! se dit-elle. Mais au moins, je saurai à quoi m'en tenir après avoir vu... mon mari ! »

En fin d'après-midi, Malca vint l'aider à se préparer pour la soirée.

— J'ai pensé que vous pourriez mettre cette jolie robe du soir bleu pâle, dit-elle en la sortant du placard. Mlle Henriet l'avait fait venir tout spécialement de Paris.

Caterina haussa les épaules.

— Comme vous voulez, Malca ! Mais je doute que le duc prête beaucoup d'attention à mon apparence.

Pendant que la femme de chambre la coiffait, elle contempla d'un air pensif son reflet dans le miroir.

— Croyez-vous que je devrais porter le collier de perles et de diamants que milord a offert à Henriet ? demanda-t-elle soudain.

— Il me semble que, étant donné les circonstances, ce serait un peu exagéré. Milord risquerait de prendre un tel geste pour une insulte.

— Vous avez entièrement raison ! Je n'avais pas une seconde pensé à cela... Faut-il que je sois sotte ! Je n'ai qu'une excuse : je suis tellement nerveuse que je ne vois pas les choses d'une manière très claire.

Elle se mordit la lèvre inférieure.

— Mon Dieu ! Comment vais-je me comporter ?

— Soyez vous-même, tout simplement.

Malca sourit.

— Vous-même... reprit-elle. C'est-à-dire une jeune personne pleine de qualités.

— Bah !

— Altesse, vous êtes la meilleure de toutes les femmes du monde ! Quelle autre, je vous le demande, se serait sacrifiée pour Mlle Henriet comme vous l'avez fait ? Rien que pour cela, vous méritez d'être très heureuse.

— Je doute que cela soit mon lot… fit Caterina d'une voix presque inaudible.

Plus fort, elle reprit :

— Quoi qu'il en soit, merci pour tous ces compliments, Malca.

— Vous les méritez bien, Altesse.

— Je vous avoue que pour le moment, je me sens dans l'état d'esprit d'une enfant qui a fait une grosse bêtise à l'école et qui attend avec angoisse d'être punie.

— Écoutez-moi bien, Altesse ! Je vous ai déjà dit que vous étiez pleine de qualités. Mais vous êtes aussi extrêmement jolie. Milord n'a pas perdu au change en vous épousant.

— Henriet est très belle !

— C'est vrai. Mais vous l'êtes encore plus ! Et Mlle Henriet, qui a été trop gâtée, n'a pas toujours un caractère commode. Elle a tendance à se fâcher lorsque ses caprices ne sont pas satisfaits. Elle s'imagine qu'il lui suffit d'avoir une crise de nerfs pour que l'on fasse tout ce qu'elle désire…

— Vous n'avez pas tort, fit Caterina en souriant. Henriet est encore très puérile.

— Le commandant Fritz aime ce côté enfantin, mais je ne suis pas sûre que milord l'aurait apprécié. Vous êtes beaucoup plus posée, plus raisonnable… Dites-vous bien que vous avez fait pour le mieux en prenant la place de votre amie. Votre rôle s'arrête là. Celui de milord commence.

— Et ses problèmes aussi ! Comment va-t-il expliquer à Sa Majesté la reine Victoria qu'il revient avec une autre que celle qui avait été choisie ?

— Vous serez là pour l'aider.

— Moi ? s'écria Caterina avec incrédulité.

— Vous, mais oui ! C'est désormais votre rôle… N'êtes-vous pas devenue sa femme ?

Cette fois, Caterina éclata de rire.

— Vous êtes trop drôle, Malca ! Vous avez réponse à tout !

Elle se leva et embrassa la femme de chambre.

— Henriet a bien de la chance d'avoir quelqu'un comme vous. J'aimerais bien vous avoir comme femme de chambre. Ah, que ne donnerais-je pas pour pouvoir vous emmener en Angleterre !

— Je voudrais pouvoir rester avec vous, Altesse... tout en étant en même temps avec Mlle Henriet.

— Malheureusement, vous n'avez pas le don d'ubiquité, ce qui est bien dommage. Et je parie que vous avez hâte de me voir ôter mon masque pour courir rejoindre celle que vous appelez « votre bébé ».

— Je serai heureuse de retrouver Mlle Henriet. Mais j'ai peur pour vous, Altesse...

— Bah !

Caterina haussa les épaules.

— Écoutez, Malca, c'est en sachant parfaitement ce que je faisais que j'ai décidé de remplacer mon amie. Maintenant, je ne peux m'en prendre qu'à moi.

Elle s'aperçut soudain qu'il était presque sept heures du soir.

— Là-dessus, je vais aller affronter les lions en cage...

— Il n'y a qu'un lion dans la cage. Ah, s'il pouvait deviner ce qui l'attend ! Vous dirais-je, Altesse, qu'en cet instant j'ai presque pitié de lui ?

— Je ne suis pas sûre qu'il mérite votre pitié.

Ce fut avec un réel soulagement que Caterina sortit de la cabine où elle était restée enfermée depuis son arrivée à bord. Elle monta sur le pont et se mit à respirer à pleins poumons l'air du large.

Le duc n'était nulle part en vue…

« Je suppose qu'il n'a pas envie de me voir. Ce qui est bien réciproque ! »

Juste au moment où elle se disait cela, elle passa devant le salon que le capitaine avait mis à la disposition de ses hôtes et l'aperçut. Assis dans un confortable fauteuil, il lisait un journal.

— Allons-y, fit-elle entre ses dents serrées.

Elle ouvrit la porte. Le duc abandonna aussitôt sa lecture et se mit debout.

— Princesse Caterina ! s'exclama-t-il en allemand. J'ignorais que vous étiez à bord ! Vous avez donc accompagné votre amie ?

Avec un rire forcé, il ajouta :

— En tant que passagère clandestine ?

Caterina prit une profonde inspiration avant de déclarer d'un trait, en anglais :

— Si je suis à bord, c'est parce que j'ai pris la place d'Henriet.

Le duc fronça les sourcils.

— Quoi ? fit-il dans la même langue. Que racontez-vous là ? Je ne comprends pas.

Soudain, les jambes de Caterina ne la portaient plus. Elle s'assit dans le fauteuil le plus proche.

— Vous allez être très en colère quand vous saurez ce qui s'est passé…

Elle marqua une pause avant de déclarer très vite :

— Henriet aimait un autre homme. Et pour qu'elle puisse épouser ce dernier, je… j'ai pris sa place, comme je viens de vous le dire.

Le duc dut s'asseoir à son tour.

— Quoi ? répéta-t-il.

— Je crois que vous avez bien entendu.

— C'est vous qui êtes devenue ma femme ?

— Oui.

— Le prince Adolphus est-il au courant ?

— Oh non ! Voilà ce qui est arrivé. Henriet était très amoureuse d'un jeune commandant, un certain Fritz Hofer. Malheureusement, même si Fritz était très riche, il n'était pas titré et jamais le prince Adolphus n'aurait accepté que sa fille l'épouse. Henriet songeait à s'enfuir avec celui qu'elle aimait...

Elle s'interrompit pour reprendre haleine.

— Continuez, fit simplement le duc.

— Bien entendu, la situation s'est corsée avec votre arrivée, reprit Caterina, qui se sentait de plus en plus assurée au fur et à mesure qu'elle expliquait la situation.

— Je le suppose...

— La pauvre Henriet, pour obéir à son père, à la reine Victoria et à l'empereur François-Joseph, a appris qu'elle devait devenir la femme d'un parfait inconnu dans les plus brefs délais ! Elle m'a appelée au secours. Elle était tellement désespérée qu'elle était prête à se tuer.

— Plutôt que de m'épouser ? demanda le duc en haussant les sourcils.

— Plutôt que de vous épouser, oui ! Elle avait même volé l'un des revolvers de son père dans ce but...

— Mon Dieu ! Et...

Il adressa un coup d'œil interrogateur à Caterina. Cette dernière soupira.

— Que pouvais-je faire ? Je n'allais pas laisser ma meilleure amie mourir... J'ai donc décidé de la remplacer.

— Qui est au courant ?

— À part Henriet, Fritz, la femme de chambre d'Henriet... vous et moi, personne d'autre.

Le duc se leva et se mit à faire les cent pas.

— Je suis vraiment stupide. Je ne me suis rendu compte de rien ! Alors que tout cela s'est passé sous mon nez !

— Le prince Adolphus n'a rien soupçonné, lui non plus.

— Vous êtes très habile, princesse Caterina ! Je comprends maintenant pourquoi vous vous cachiez sous vos voiles !

— Il le fallait bien.

— Je comprends aussi pourquoi vous êtes restée enfermée dans votre cabine jusqu'à maintenant ! Je parie que vous n'avez jamais eu le mal de mer !

— Non. Et comme je commençais à m'ennuyer, j'ai lu tous les livres que votre valet a donnés à Malca.

Le duc rejeta ses cheveux en arrière.

— Quelle histoire !

— Quelle histoire, oui, fit Caterina en écho.

— Mais pourquoi Henriet n'a-t-elle pas expliqué à son père qu'elle ne souhaitait pas m'épouser ? s'exclama-t-il. Cela aurait tout de même été plus simple que de monter cette invraisemblable comédie !

— Dès qu'elle a su que son mariage était décidé et que vous étiez sur le point d'arriver, elle a couru trouver son père pour lui dire, justement, qu'elle refusait de devenir votre femme. Mais il n'a rien voulu entendre. Ce qui se comprend... Comment aurait-il pu aller à l'encontre des vœux de l'empereur François-Joseph ? N'oubliez pas que la principauté d'Istria, tout comme celle de Theiss, dépend de l'Autriche.

— Vous vous êtes donc dévouée pour votre amie !

Caterina avait peine à cacher sa stupeur. Le duc lui avait posé quelques questions pour bien comprendre la situation. Mais il ne paraissait pas en colère !

— Vous avez prétendu être Henriet, vous vous êtes dissimulée sous votre voile… reprit-il. Et personne n'a eu le moindre soupçon !

Il secoua la tête.

— Pas même le prince Adolphus ! Ce que je trouve incroyable !

— Henriet est très émotive. Elle peut avoir une crise de larmes ou de nerfs pour un rien… La plus grande peur de son père, c'était qu'elle ne fasse un scandale devant l'autel. Cette pensée le terrifiait à un tel point qu'il n'a pas osé m'adresser une seule fois la parole dans le carrosse qui nous emmenait à la cathédrale.

Le duc haussa les sourcils.

— Et vous dites qu'Henriet était prête à se tuer ? C'est sérieux ?

— Absolument.

Avec un rire amer, elle ajouta :

— Sinon, pensez-vous que je serais ici ?

Après un silence, elle reprit :

— Henriet est follement, désespérément amoureuse de celui qu'elle a dû maintenant épouser. Comment, dans ces conditions, aurait-elle pu devenir votre femme ?

— Et ce Fritz, l'aime-t-il ?

— Il l'adore, répondit simplement Caterina.

— L'empereur François-Joseph souhaitait resserrer davantage les liens avec l'Angleterre… murmura le duc.

— Les principautés se trouvant aux frontières de l'Autriche sont menacées par les Russes. Certes, pas autant que les petits États des Balkans ! Mais je comprends que cela inquiète l'empereur d'Autriche.

Le duc eut un rire sans joie.

— Cette pauvre Henriet devait se sentir comme une biche aux abois !

— C'est un peu cela, admit Caterina, étonnée qu'il se montre aussi compréhensif.

— Pensez-vous que le prince Adolphus va essayer de retrouver les fugitifs ? interrogea-t-il.

— Cela dépend entièrement de vous.

Il la regarda avec stupeur.

— De moi ?

— Mais oui ! Si vous faites tout un drame parce que l'on vous a trompé, le prince va remuer ciel et terre pour qu'on lui amène Henriet et Fritz. Il enfermera Henriet dans un couvent. Quant à Fritz, il sera probablement exécuté.

— Vous croyez le prince Adolphus capable de punir aussi cruellement les fugitifs ?

— Oh, certainement !

— Nous ne pouvons pas permettre cela... Existe-t-il une autre solution ?

— Oui.

— Laquelle ?

Elle baissa la tête.

— Que... que vous acceptiez la... la situation sans... sans faire d'histoire.

— Peut-on savoir ce que je gagne dans tout cela ?

— Une épouse autre que celle qui était prévue. Mon père est un prince de sang royal. N'est-il pas un cousin lointain de l'empereur François-Joseph ? La principauté de Theiss, sans être aussi importante que celle d'Istria, a eu son rôle à jouer dans l'histoire d'Autriche.

Sans mot dire, le duc lui tourna le dos et alla contempler la mer.

« Au moins, il ne s'est pas mis dans une colère folle contre moi, pensa Caterina. Mais il peut très bien s'arrêter dans le premier port venu et m'obliger à débarquer... »

Elle ne voyait que le dos rigide du duc.

« Il est perplexe et tendu. Mais quoi de surprenant ? se demanda-t-elle. Il vient de recevoir un grand choc. »

Les minutes s'écoulaient avec une lenteur désespérante. Sans se retourner, le duc déclara :

— Vraiment, je n'arrive pas à comprendre comment vous avez réussi à monter une pareille mise en scène sans que je m'en aperçoive.

— Nous avons été très prudentes. Nous avons étudié chaque détail. Henriet s'est mariée avant nous. Si bien que, même si vous aviez découvert l'imposture, il vous aurait été impossible de l'épouser.

Le duc revint s'asseoir en face de Caterina.

— À votre avis, que dira le prince Adolphus quand il apprendra cela ?

— Il sera furieux. Tout comme l'empereur François-Joseph, tout comme la reine Victoria.

Caterina marqua une pause avant d'ajouter :

— Tout comme vous…

— Je ne me suis pas mis en colère, objecta-t-il.

— Jusqu'à présent non. Mais certaines colères froides sont pires que les autres.

Le duc éclata brusquement de rire.

— Vous avez de la repartie ! J'aimerais bien savoir ce que vous avez pensé en me voyant arriver au palais… tout en sachant que vous étiez sur le point de me jouer un bien mauvais tour ?

— Ce que j'ai pensé ? murmura-t-elle. À vrai dire, je n'en sais rien.

Elle se mit à réfléchir.

— Vous veniez épouser une jeune fille que vous n'aviez encore jamais vue… Vous n'avez pas fait le moindre effort d'amabilité. Au contraire, vous l'avez traitée avec le plus grand mépris…

Le duc se raidit encore plus.

— Je me suis montré déplaisant ?

— Ô combien !

Caterina n'hésita pas à lui dire ce qu'elle avait sur le cœur :

— Vous avez complètement ignoré Henriet. Soit, elle était bouleversée et cherchait à vous éviter. Mais un minimum de courtoisie n'aurait pas été superflu.

Au lieu de se fâcher, le duc se remit à rire.

— Je ne me suis pas bien conduit, admit-il. Mais si Henriet était bouleversée, figurez-vous que je l'étais, moi aussi !

Caterina écarquilla ses immenses yeux azur.

— Vous ?

— Mais oui !

— Vous… vous ne vouliez pas épouser Henriet ?

— Certainement pas ! J'obéissais aux ordres de Sa Majesté la reine Victoria, qui n'avait personne d'autre à sacrifier…

Ce fut au tour de Caterina de se mettre à rire d'un rire sans joie.

— Vous vous êtes sacrifié, je me suis sacrifiée… eh bien, nous sommes quittes !

— Vous avez une manière assez surprenante de voir les choses.

— Je commence à comprendre que si nous avions des difficultés, vous en aviez de votre côté.

— Et comment ! J'ai vingt-sept ans et jusqu'à présent, j'avais réussi à éviter de me marier. Ce qui n'était pas si facile, étant donné ma position. Je suis duc, je dispose d'une énorme fortune, de splendides domaines… Tout cela attire comme un aimant les débutantes et les mères de jeunes filles à marier. J'ai déjà dû déjouer de nombreux pièges.

Il soupira avant de poursuivre :

— Moi qui rêvais de faire un jour un mariage d'amour avec une jeune personne qui s'intéresserait à moi, et non à mon titre, voilà qu'un beau matin, j'ai été sommé de me rendre dans une petite principauté lointaine pour épouser une parfaite inconnue ! Imaginez ma réaction !

— Vous avez été furieux ?

— Furieux et désespéré. Mais que pouvais-je faire ? J'étais bien obligé d'obéir.

Il haussa les épaules.

— Et que m'arrive-t-il maintenant ? Je me retrouve marié, certes... mais pas avec celle que l'on m'avait destinée ! De plus, celle qui est devenue ma femme estime que je me suis conduit comme un goujat !

Là-dessus, il éclata de rire. Toutes les tensions parurent brusquement disparaître, et Caterina ne put faire autrement que de se joindre à son hilarité.

— Vous n'êtes pas vraiment un goujat, murmura-t-elle.

— Non ?

— Mais vous me faisiez très peur.

— Est-ce pour cela que vous vous êtes à moitié évanouie quand nous sommes arrivés au port ?

— Je ne me suis pas évanouie ! protesta-t-elle. Mais vous veniez de me dire que vous deviez me présenter au capitaine et à tous les officiers... J'ai alors pensé que je serais obligée de relever mon voile, et il a bien fallu que je trouve une échappatoire !

Le duc l'observa d'un air pensif.

— Ensuite, prétextant avoir le mal de mer, vous n'avez pas quitté votre cabine...

— Alors que je rêvais d'aller me promener sur le pont et de visiter le *H.M.S. Endurance* ! Mais grâce à vous, j'ai eu un peu de lecture...

— Quels livres vous a donc prêtés mon valet ?

Quand Caterina le lui dit, il leva les yeux au ciel.

— Cela a dû terriblement vous ennuyer !

— Pas du tout. Bien au contraire, j'ai trouvé ces ouvrages très intéressants. Et puis, comme ils étaient en anglais, j'ai pu faire quelques progrès dans cette langue...

— Votre anglais est parfait ! De plus, vous n'avez aucun accent, ce qui me surprend... Seriez-vous déjà allée en Angleterre ?

— Jamais, à mon grand regret.

— Vous allez bientôt pouvoir réparer cette lacune.

Caterina eut un sourire sans joie.

— Je vous avouerai en toute sincérité que j'aurais préféré me rendre là-bas dans d'autres conditions !

Son regard s'évada.

— Moi aussi, j'espérais faire un mariage d'amour et être heureuse, tout comme l'ont été mes parents.

D'un ton rêveur, elle poursuivit :

— Tout comme Henriet... Car Fritz l'aime vraiment pour elle-même, et pas parce qu'elle est princesse.

— Où sont-ils en ce moment ?

— En mer...

— La mer est vaste !

— Je préfère ne pas en dire davantage.

— Vous protégez leur fuite ?

— Oui. Je crains la réaction du prince Adolphus. Il serait trop dommage que, dans un premier accès de rage, il ne donne des ordres qu'il regretterait ensuite.

— Et vous, dans tout cela ? Que dira votre père quand il apprendra ce qui s'est passé ?

— Il se fâchera, lui aussi.

— Apparemment, tout le monde est en colère, murmura le duc.

— Sauf vous, du moins pour le moment. Et c'était justement votre réaction que je redoutais le plus !

Le duc haussa les épaules.

— Cela me soulagerait peut-être de pousser quelques hurlements de fureur... Mais, honnêtement, cela ne servirait pas à grand-chose!

Après un silence, il reprit :

— Je me demande ce que l'on va dire en Angleterre. Les gens vont faire des gorges chaudes... J'imagine déjà les commentaires. « Ah, ah! Le duc de Dunlerton n'a pas épousé celle qu'il croyait! Il a découvert après coup que l'on s'était joué de lui! »

— Je suis désolée... Mais nous trouverons peut-être un moyen de rendre la situation moins ridicule?

En s'entendant parler ainsi, elle ne put s'empêcher d'esquisser un sourire.

— Je vous propose cela avec naturel... Alors qu'il y a une heure encore, je craignais que vous ne me débarquiez dans le premier port venu. Mais rien ne vous empêchait de choisir une solution plus radicale!

— Laquelle?

— Me jeter par-dessus bord, tout simplement.

Le duc éclata de rire.

— Vous ne parlez pas sérieusement?

— Si, bien sûr. J'avais envisagé toutes les hypothèses. Par exemple, vous auriez très bien pu m'abandonner sur un récif battu par les eaux. J'y serais morte de faim et de soif...

Déjà, le duc avait retrouvé son sérieux.

— Pour que vous m'ayez imaginé capable de traiter une jeune personne de pareille manière, il faut que vous me prêtiez une réputation épouvantable!

— Vous avez mauvaise réputation? demanda Caterina avec curiosité.

— Cela dépend de ce que l'on entend par ces mots. Comme j'étais libre comme l'air, je pouvais me

permettre de mener une existence de... euh, de...
Soudain, il paraissait gêné.

— De don Juan ? De joyeux célibataire ? suggéra Caterina qui n'avait pas peur des mots.

— Ma foi, c'est un peu cela ! J'envisageais de continuer à vivre ainsi pendant quelques années encore avant de me ranger, comme on dit. Et voilà que, à cause de la décision de certaines têtes couronnées, je me retrouve, bon gré mal gré, marié du jour au lendemain...

— ... avec une autre que celle qu'avaient choisie les têtes couronnées en question !

— Si je m'attendais à être coincé dans un piège pareil !

— Je suis sûre qu'il y a un moyen pour éviter que les gens ne fassent des gorges chaudes à votre sujet.

— Ils en feront, c'est sûr et certain ! Et je crains fort que jamais Sa Majesté ne me pardonne une pareille bourde. Elle est capable de m'interdire la porte du château de Windsor.

— Cela vous ennuierait ?

— Bien sûr. Jusqu'à présent, j'ai toujours cherché à aider mon pays dans toute la mesure de mes possibilités. Je travaillais en étroite collaboration avec le Premier ministre et le secrétaire d'État aux Affaires étrangères.

Il haussa les épaules.

— Mais si Sa Majesté estime que je suis devenu persona non grata, je ne chercherai pas à m'imposer ! Je peux très bien vivre sur mes domaines en me contentant de venir à Londres une ou deux fois par an.

Caterina réfléchissait.

— C'est à cause de moi que vous risquez d'avoir des ennuis. C'est donc à moi d'essayer de résoudre les problèmes.

Comme le duc ne paraissait guère convaincu, elle insista :

— J'ai bien résolu ceux d'Henriet ! Pourquoi pas les vôtres ?

— Pour cela, il vous faudrait des pouvoirs surnaturels !

Et, moqueur :

— Auriez-vous une baguette magique dans vos bagages, par hasard ?

Il secoua la tête.

— Ah, quelle histoire ! Je me demande si je ne rêve pas… Avec un peu de chance, je vais me réveiller dans mon lit à Londres et je découvrirai avec soulagement que non seulement je ne suis pas marié, mais aussi que jamais, de ma vie, je n'ai mis le pied à Istria.

— Je crains fort que tout cela ne soit pas un rêve, murmura Caterina.

Après un silence, elle ajouta dans un soupir :

— Hélas !

6

Voyant que le duc souriait, Caterina s'étonna.

— Vous trouvez cela drôle ?

— Pas vraiment. Je suis désolé pour vous autant que pour moi. Mais cela ne sert à rien de se lamenter ! Maintenant que nous sommes au pied du mur, il ne nous reste plus qu'à mettre nos idées en commun pour trouver une porte de sortie…

Caterina parut soudain très lasse.

— Cela ne finira donc jamais ?

— Comment cela ?

— Depuis mon arrivée au palais d'Istria, je ne cesse de chercher des solutions à mille et un problèmes.

D'un ton presque accusateur, elle lança :

— Croyez-vous que c'était facile d'empêcher Henriet de se suicider ? Et de la remplacer à la cathédrale sans que personne ne se doute de la substitution ?

— Vous avez été parfaite dans votre rôle !

— Et pourtant, j'avais une peur panique d'être découverte. Intérieurement, je ne cessais de trembler.

— Cela, je peux le comprendre !

Le duc eut un rire sardonique.

— En vous voyant cachée sous vos voiles, toute secouée de sanglots, je me disais que je n'aurais pas pu tomber plus mal. Je vous prenais pour une hystérique !

— Je ne le suis pas. Mais le jour du mariage, j'avoue que j'étais extrêmement mal à l'aise. À plusieurs reprises, j'ai même craint de m'évanouir. D'ailleurs, en signant le registre, j'en ai été bien près !

— Quel nom avez-vous signé ?

Caterina esquissa un sourire ironique.

— Le mien : Caterina Henriet Maria. Henriet s'appelle Henriet Caterina Maria.

— Vous avez pensé à tout !

— Il le fallait bien.

— Nous sommes donc légalement mariés ?

— Cela, sans aucun doute !

Après un instant de réflexion, Caterina poursuivit :

— Il va falloir que je prévienne mon père... Il me croit toujours à Istria en compagnie d'Henriet et attend mon retour d'un jour à l'autre. Mais comment faire pour lui demander de garder le secret ?

— Quelle invraisemblable histoire ! redit le duc. Et vous prétendez ne pas savoir où se sont réfugiés ceux qui sont à l'origine de nos malheurs ?

Jugeant plus sage de ne pas parler de Brindisi, où le jeune couple avait l'intention de faire escale pour attendre Malca, Caterina secoua la tête.

— Je crois qu'ils ne le savaient pas très bien eux-mêmes. Tout ce qu'ils voulaient, c'était fuir le plus loin possible d'Istria...

— Je ne suis pas sûr que vous me disiez la vérité.

Elle se sentit devenir écarlate sous le regard scrutateur de celui qu'elle devait désormais appeler son mari.

— La seule personne qui est peut-être au courant, c'est Malca, la femme de chambre d'Henriet. Elle s'est occupée de moi jusqu'à présent, mais maintenant que j'ai cessé d'être une... une passagère clandestine, elle nous quittera lors de la première escale.

— À Brindisi ?

— Si c'est là que le bateau doit faire halte, je le suppose.

Il lui adressa un demi-sourire.

— Vous êtes très habile, princesse Caterina. Très intelligente, aussi !

Elle prétendit ne pas comprendre.

— Moi ? Je me demande bien pourquoi vous dites cela.

— Vous le savez parfaitement... Mais venons-en à notre problème immédiat. Je vais retourner en Angleterre sans la princesse que j'étais censé épouser, pour la bonne raison que celle-ci ne voulait pas de moi. En revanche, je ramène une autre princesse qui, elle, m'a accepté pour époux... tout en admettant me détester.

— Je n'ai jamais dit cela ! Je me suis simplement permis de vous signaler qu'Henriet avait peur de vous, et que vous n'aviez guère fait d'efforts pour l'amadouer.

— Tâchez un instant de vous mettre à ma place. Je n'avais absolument aucune envie de me rendre à Istria, surtout pour y épouser une parfaite inconnue. Mais l'empereur François-Joseph, la reine Victoria et le prince Adolphus en avaient décidé autrement... En fin de compte, je n'ai été qu'un pion dans cette affaire !

— Henriet aussi.

— Oui, j'ai été un pion entre les mains de Leurs Majestés, avant de devenir un pion entre les vôtres ! insista-t-il.

De nouveau, Caterina rougit.

— J'étais moi-même très effrayée, avoua-t-elle. Je me disais que si, dans un accès de fureur, vous me jetiez par-dessus bord, je l'aurais bien mérité.

— Avouez qu'il aurait été dommage de donner une aussi jolie femme à manger aux poissons ! Vous êtes très différente de ce que je pensais, princesse Caterina. En vous voyant à Istria, j'avais eu de vous une opinion très différente.

— Une mauvaise impression ?

Comme il ne répondait pas, elle enchaîna :

— Je le suppose. Mais il faut dire qu'à votre arrivée, vous étiez plein de préjugés !

— C'est la vérité. Comme je vous l'ai dit tout à l'heure : mettez-vous à ma place ! J'étais tout bonnement furieux à l'idée de devoir me marier ! Mais à quoi bon revenir sans arrêt là-dessus ? Ce qui est fait est fait... Tâchons plutôt de penser à ce que nous allons dire à notre arrivée à Londres. Puis il faudra que j'aille vous présenter à Sa Majesté la reine Victoria, au château de Windsor.

Il leva les yeux au ciel.

— Je n'ose imaginer sa réaction !

— J'ai une idée ! s'écria Caterina.

— Oui ? demanda-t-il avec méfiance.

— C'est très simple ! Il vous suffira de prétendre qu'à votre arrivée à Istria, vous avez appris que la princesse Henriet avait épousé en secret l'homme qu'elle aimait.

— J'aurais donc fait le voyage pour rien ?

— Pas du tout.

— Expliquez-vous mieux.

— Vous n'aurez qu'à dire qu'Henriet craignait, si son mariage secret était découvert, de voir son mari arrêté, emprisonné ou même exécuté. Elle m'aurait suppliée de prendre sa place... J'aurais accepté, et vous aussi.

— Je ne vois pas ce que cela change !

— Tout ! Cela vous permettra d'affirmer avoir su, avant le mariage, que l'on substituait une princesse pour l'autre ! Ce sera donc en toute connaissance de cause que vous m'aurez épousée et personne ne pourra se moquer de vous. Au contraire, tout le monde dira que, étant donné les circonstances, vous avez su agir pour le mieux !

— Je comprends. Vous m'auriez mis dans la confidence. Même si personne n'était au courant, pas même le père de la mariée, moi je savais que j'épousais la princesse Caterina au lieu de la princesse Henriet...

Avec soulagement, il murmura :

— Il est certain que cela me permettra de paraître moins stupide !

À mi-voix, comme pour lui-même, il ajouta :

— Même si je l'ai été au-delà de tout entendement !

Après un silence, il hocha la tête.

— Je pense que Sa Majesté acceptera cette version des faits. Elle comprendra, espérons-le, que je n'avais pas d'autre solution... Premièrement, je ne pouvais pas épouser une jeune personne qui était déjà mariée ! Et, deuxièmement, il fallait à tout prix écarter la menace russe qui commençait à peser sur certaines principautés proches de l'Autriche.

Le duc observa Caterina d'un air songeur.

— Vous êtes plus avisée qu'un politicien chevronné !

Elle éclata de rire.

— Je vous remercie de ce que je prends pour un compliment.

— Avez-vous l'intention de raconter la même version de l'histoire à votre père ?

— Je pense que, avant de prendre la moindre décision, il serait plus sage de demander son avis à Sa Majesté la reine Victoria.

— Mais votre père risque de se demander où vous êtes passée !

— Pour qu'il ne s'inquiète pas trop, je peux toujours lui envoyer un petit mot en lui disant que j'accompagne Henriet en voyage.

— En voyage de noces ? demanda le duc avec stupeur.

— Forcément... Par la suite, je pourrai lui avouer la vérité. Mon père est un homme plein de bon sens. Il comprendra que je ne pouvais pas laisser Henriet se suicider...

— ... plutôt que de devoir m'épouser, acheva le duc avec un rire sardonique. Je parie que beaucoup de jolies femmes, si elles entendaient cela, ne voudraient pas y croire !

— Si ma mère vivait toujours, je suis certaine qu'elle m'approuverait d'avoir agi comme je l'ai fait.

— Vous êtes une jeune personne assez exceptionnelle. J'en connais peu qui se seraient sacrifiées pour leur meilleure amie. Vous vous êtes lancée tête baissée dans l'aventure...

— Il est certain que je ne savais pas du tout ce qui m'attendait. C'était surtout votre réaction que je redoutais. Je vous l'ai dit : je vous estimais capable, dans un accès de fureur, de me jeter à l'eau !

— Vous me jugez bien mal !

Caterina sourit.

— Et je n'en reviens pas : vous ne vous êtes même pas mis en colère !

— À quoi cela aurait-il servi, je vous le demande ?

— À rien, admit-elle. Mais si vous croyez que les gens irascibles raisonnent ainsi !

— Peut-être pas.

Il se leva et croisa les bras.

— Bien, j'accepte votre suggestion. À vrai dire, j'y suis bien obligé, pour la bonne raison que je n'ai rien de mieux à proposer... Par prudence, mieux vaut cependant que vous continuiez à prétendre être la princesse Henriet jusqu'à ce que nous arrivions en Angleterre.

— Comme vous voulez.

— Votre femme de chambre – ou plutôt celle d'Henriet – doit vous quitter à Brindisi, si j'ai bien compris ?

— C'est cela.

— Pourrez-vous vous passer d'elle ?

— Je m'arrangerai bien ! Et si, par hasard, j'avais du mal à agrafer une robe, votre valet acceptera peut-être de venir à mon secours ?

— Cela va sans dire.

— De toute manière, comme je n'ai personne à impressionner à bord, je n'ai pas besoin de trop me soucier de mon apparence.

Le duc la contempla sans mot dire. Un peu gênée par son regard insistant, elle se sentit légèrement rougir.

— Me permettez-vous de vous dire que vous êtes très belle ? déclara-t-il enfin.

— Parlez-vous sérieusement ? Ou bien vous sentez-vous obligé de me faire un compliment courtois ?

— Vous êtes l'une des plus belles femmes que j'aie jamais vues de ma vie.

— Merci ! On m'a toujours dit que je tenais de ma mère, qui a été, en son temps, la plus jolie des débutantes à la Cour d'Autriche.

Soudain, le rire cristallin de Caterina retentit.

— Pourquoi riez-vous ? s'étonna le duc.

— Parce que je ne m'attendais guère à recevoir quelques flatteries ! Lorsque j'ai pris mon courage à deux mains pour venir vous trouver, j'envisageais le pire !

— Quant à moi, je me voyais uni pour la vie à une femme-enfant un peu hystérique, toujours sur le point de s'évanouir, d'avoir une crise de nerfs ou de fondre en larmes...

Caterina jugea nécessaire de prendre la défense de son amie.

— Henriet est un peu femme-enfant, je vous l'accorde. Mais elle a une personnalité très attachante. Et étant donné les circonstances, on peut comprendre sa nervosité !

— Quoi qu'il en soit, puisque j'étais bien obligé de me marier, j'avoue préférer vous avoir épousée, vous, plutôt qu'elle.

Sur l'instant, Caterina ne sut que répondre. Après un silence, elle murmura :

— Eh bien... merci.

— Il nous reste à apprendre à nous connaître. Je dois dire que j'étais loin de m'attendre à ce que vous soyez... telle que vous êtes.

— S'il s'agit d'un compliment, merci encore.

— C'en est un.

— Je serai heureuse, moi aussi, de mieux vous connaître, déclara Caterina. Ainsi, à notre arrivée en Angleterre, lorsque nous révélerons la vérité à Sa Majesté, nous pourrons ensuite nous séparer bons amis.

Le duc haussa les sourcils.

— Vous envisagez déjà de me quitter ?

— Cela me semble être la solution la plus intelligente.

— Pas du tout ! Nous avons été unis le plus légalement du monde et comme il ne pourra pas être question pour moi d'en épouser une autre, il faudra bien que...

Il eut un sourire narquois avant de terminer :

— ... que je me contente de vous.

— Merci, fit Caterina avec ironie.

— Depuis des années, les miens me supplient de me marier et d'avoir au moins un fils. Celui qui héritera un jour du nom, du titre et des domaines des Dunlerton !

Caterina soupira.

— Nous trouverons certainement le moyen de passer cet obstacle. N'avons-nous pas réussi jusqu'à présent à sauter tous les autres ? Et ils étaient de taille !

Avec un sourire, elle poursuivit :

— Pour le moment, si nous nous contentions simplement d'apprécier le voyage ? Je suis ravie d'être à bord d'un cuirassé. Maintenant que j'ai enfin pu quitter la prison où me retenait un prétendu mal de mer, me permettrez-vous de le visiter de fond en comble ?

— Cela vous intéresse ?

— Naturellement !

— Dans ce cas, je vous en ferai faire le tour demain matin, quand il fera grand jour. Et puisque vous aimez les bateaux, une fois que nous arriverons en Angleterre, je vous montrerai le yacht que je viens d'acheter.

— Oh ! Vous possédez un yacht ?

— J'ai toujours été passionné par la navigation. J'ai l'intention, avec *l'Étoile Filante,* de participer aux prochaines régates de Cowes. Avez-vous, par hasard, entendu parler de ces épreuves nautiques ?

— Bien sûr. Je sais même que le prince de Galles est président du Yacht Club de ce petit port situé dans l'île de Wight.

— Je ne m'attendais pas à ce que vous soyez au courant de tout cela... fit le duc avec étonnement.

— Je lis beaucoup, milord ! rétorqua Caterina d'un ton ironique. Cela me permet d'être au courant de choses intéressantes.

Il se mit à rire.

— Vous ne cesserez donc pas de me surprendre ?

— Je l'espère.

— Vous devriez apprécier les régates de Cowes…

— Jamais je n'aurais imaginé pouvoir y assister un jour !

— Je m'y rends chaque année.

— Vous avez bien de la chance !

— Vous aussi.

— Moi ?

— Mais oui. N'oubliez pas que la duchesse de Dunlerton sera invitée à toutes les fêtes données en l'honneur du prince de Galles.

Caterina ne répondit pas.

« Nous serons probablement séparés depuis longtemps à ce moment-là. Mais à quoi bon penser à cela maintenant ? Autant jouer le jeu… »

Sur ces entrefaites, le steward vint annoncer que le dîner était servi.

Caterina fit honneur comme il convenait à un excellent repas. Elle but même un peu de bordeaux.

La conversation fut très animée. Mais en raison de la présence du steward, ils évitèrent d'aborder des sujets trop personnels.

Caterina aurait volontiers prolongé la soirée, car la conversation du duc la captivait. Mais, jugeant qu'il valait mieux ne pas se montrer trop envahissante dès le premier jour, elle décida de se retirer dans sa cabine tout de suite après le dessert.

Le lendemain matin, Malca lui apporta son petit déjeuner de très bonne heure.

— Nous arrivons en vue de Brindisi, Altesse. Il faut que je vous fasse mes adieux… si du moins vous n'avez plus besoin de moi. Car si c'était le cas, je resterais bien entendu avec vous.

— Vous pourrez rejoindre Henriet, Malca. Dites-lui que le duc ne s'est pas mis en colère comme je le craignais. J'ignore comment la situation va évoluer, mais pour l'instant, nous avons décidé de nous comporter en personnes civilisées que le hasard a réunies le temps d'un voyage.

— Et une fois que vous serez en Angleterre ?

— Nous aviserons à ce moment-là, Malca. À chaque jour suffit sa peine…

Elle embrassa la femme de chambre de son amie.

— Merci de m'avoir accompagnée jusqu'ici. Transmettez à Mlle Henriet tous mes vœux de bonheur. J'espère qu'elle pourra bientôt me donner de ses nouvelles.

— Oh, certainement ! Au revoir, Altesse, et bonne chance ! Je vais prier pour vous.

L'escale, réservée au ravitaillement en carburant, fut si brève que Caterina n'eut même pas la possibilité de descendre à terre.

« Cela vaut peut-être mieux, se dit-elle. Car si le duc s'aperçoit que le yacht de Fritz se trouve au port – ce qui, en principe, devrait être le cas –, il risque d'aller faire un scandale à bord. Une rencontre entre les deux hommes n'est pas souhaitable pour le moment ! Laissons le temps arranger les choses… »

Cette fois, Caterina put rester sur le pont quand le *H.M.S. Endurance* s'écarta lentement du débarcadère. Elle salua de la main Malca qui, au bout du quai sur lequel s'empilaient les malles d'Henriet, agitait un mouchoir.

Le duc rejoignit la jeune femme et s'accouda à côté d'elle au bastingage.

— Maintenant, il faut que vous fassiez la connaissance du capitaine. Ce pauvre homme que vous avez ignoré superbement à votre arrivée à bord !

— Je ne pouvais pas montrer mon visage ! lui rappela Caterina.

— Vous avez trompé beaucoup de monde, dit-il avec une certaine sévérité. Moi le premier ! J'espère que cela ne se reproduira pas à l'avenir.

— C'est ce que je souhaite de tout cœur. Je n'aimerais pas me retrouver une seconde fois aux prises avec des problèmes aussi dramatiques !

Il l'observa d'un air songeur.

— Désormais, vous serez donc de mon côté, au lieu d'être mon ennemie ?

— Je n'ai jamais été votre ennemie.

— Vous m'avez trompé, insista-t-il.

— Cela ne m'arrivera plus.

— Puis-je dorénavant compter sur votre entière franchise en toutes circonstances ?

— Oh, oui ! s'écria Caterina. Car j'ai toujours détesté mentir… Mais dans ces conditions, comment aurais-je pu faire autrement ?

— Et vous aviez vraiment peur de moi ? demanda-t-il avec étonnement.

— Terriblement. Je me disais que, le jour où vous apprendriez la vérité, vous alliez me… me laminer.

— Ce qui n'a pas été le cas.

— Non, et je vous remercie de votre indulgence, murmura Caterina.

Elle trouva que le duc semblait beaucoup moins compréhensif que la veille.

« Il a eu le temps de réfléchir pendant la nuit, pensa-t-elle avec angoisse. Que va-t-il m'annoncer maintenant ? »

Il eut soudain un bref sourire.

— Je tenais à mettre certaines choses au point. Vous êtes une actrice consommée… mais je voudrais que vous me promettiez, à l'avenir, de ne plus jamais me jouer la comédie. Puis-je compter sur vous pour cela ?

— Je vous le promets !

— Vous serez toujours sincère avec moi ? insista-t-il.

— Je vous ai dit il y a quelques instants que je détestais mentir, répondit-elle en le regardant droit dans les yeux.

Il hocha la tête.

— Bien. Une dernière question… Êtes-vous amoureuse de quelqu'un ?

— Pas du tout ! s'exclama-t-elle, stupéfaite. Pourquoi ?

— Henriet m'a préféré un certain Fritz. J'espère que, dans le secret de votre cœur, vous n'êtes pas en train de rêver à un autre homme.

— Au contraire d'Henriet, je n'ai jamais été amoureuse. Il faut dire que les princes de Theiss mènent une existence beaucoup plus tranquille que ceux d'Istria. En fin de compte, je connais peu de jeunes gens…

— Comment est-ce possible ?

— Mon père n'apprécie guère les mondanités et l'on peut compter sur les doigts d'une main les fêtes qu'il organise au cours de l'année. Il préfère monter à cheval ! Je l'ai souvent accompagné dans ses randonnées, ce qui me vaut d'être une bonne cavalière et une piètre danseuse.

— Je n'en crois rien ! Je vous ferai valser et nous verrons…

À la perspective de tournoyer sous les lumières dans les bras du duc de Dunlerton, Caterina se sentit étrangement troublée.

— On ne vous a jamais embrassée ? reprit le duc.

— Un monsieur a bien essayé, à la fin d'une réception.

— Et ?

— Et je l'ai repoussé en lui disant son fait.

— Pourquoi ? s'étonna le duc.

— Parce qu'il avait au moins cinquante ans et qu'il était marié !

Le duc esquissa un sourire.

— Votre histoire ressemble à celle de Cendrillon ! Votre vie n'a pas l'air d'avoir été très drôle.

— Mais si !

Après un instant de réflexion, elle reprit :

— Elle n'a peut-être pas été follement amusante, mais elle a été très intéressante. Mon père me traitait comme le fils qu'il rêvait d'avoir, c'est pourquoi je l'accompagnais partout. S'il ne donnait pas souvent de grands bals, en revanche il recevait à dîner des politiciens, des diplomates ou des artistes. Cela m'a permis d'apprendre énormément de choses.

— Ce qui vous vaut d'avoir un esprit beaucoup plus éveillé que celui de la plupart des jeunes filles de votre âge. Comme je le disais hier, vous êtes une femme exceptionnelle.

— Si vous me parlez ainsi, je vais devenir vaniteuse !

— Cela m'étonnerait, fit-il avec douceur. Vous possédez toutes les qualités que j'espérais un jour trouver chez celle qui deviendrait ma femme...

— C'est le plus beau compliment que vous puissiez me faire !

Après un silence, elle ajouta avec une certaine gêne :

— J'ai du mal à imaginer que je suis vraiment devenue votre femme. Vous avez l'air de croire que je sais tout, mais c'est loin d'être le cas ! Aussi, je vous en prie, tâchez de vous montrer patient... Par exemple, si je commets des erreurs quand nous serons en société, dites-le-moi !

— Il vous suffit de vous conduire naturellement, et tout se passera bien.

Il se redressa.

— Et maintenant, avez-vous toujours envie de visiter le *H.M.S. Endurance* ?

— Plus que jamais !

Tout d'abord, le duc tint à présenter Caterina au capitaine, à tous les officiers et aux membres d'équipage. En souriant, elle serra les mains et trouva un mot aimable à dire à chacun d'entre eux.

Ensuite, ils firent le tour du cuirassé. À la grande surprise du duc, qui s'était imaginé que son intérêt pour ce bateau était de pure forme, Caterina se passionnait pour tout et posait mille questions pertinentes.

Le duc s'aperçut qu'il appréciait de plus en plus la compagnie de celle qui était devenue frauduleusement sa femme.

« En fin de compte, j'ai eu de la chance d'avoir épousé Caterina plutôt qu'Henriet, se dit-il soudain. Ce mariage ne sera pas la pénible épreuve à laquelle je m'étais préparé. »

7

Caterina passait la plus grande partie de son temps sur le pont du navire.

— Comme j'aimerais voyager… dit-elle au duc qui venait de la rejoindre.

— N'est-ce pas ce que vous faites en ce moment ?

— Soit !

Elle sourit.

— Mais comme vous êtes très pressé de rentrer, nos escales sont réduites au minimum. Songez, je n'ai même pas pu mettre le pied en Italie !

— Nous resterons un peu plus longtemps à Gibraltar, promit-il.

— Et à Marseille ?

— Il n'est pas question de nous y arrêter. Le capitaine a prévu de passer au nord de la Sicile, par le détroit de Messine, puis au sud de la Sardaigne. Après cela, nous nous dirigerons droit sur Gibraltar.

Caterina se tourna vers l'est.

— Je rêve de voir la Grèce. Hélas, nous lui tournons le dos ! Que ne donnerais-je pas pour admircr les ruines antiques et pour voir Dclos, l'île où est né Apollon.

— Vous ajoutez foi à de pareilles légendes ?

— Je le voudrais bien ! Ne serait-ce pas merveilleux si tous les dieux grecs avaient existé ?

Le duc l'observa mieux. Elle semblait si loin en cet instant !

« Pense-t-elle à Aphrodite, la déesse de l'amour, elle qui n'a jamais aimé ? » se demanda-t-il.

Et il se sentit brusquement envahi de compassion à l'égard de celle qui venait de devenir sa femme.

« Pour aider une amie et pour sauver son pays, elle a dû m'épouser, moi. Un homme pour lequel elle n'éprouve aucun tendre sentiment ! Je ne connais aucune femme capable d'un tel dévouement. Ni d'une telle bravoure... Car cela lui a demandé beaucoup de courage de se lancer dans une semblable aventure ! »

Il se demanda ensuite si elle le détestait toujours. Avec le recul, il admettait que, à son arrivée à Istria, il s'était montré fort désagréable. Surtout envers Henriet et son amie...

« J'ai été très injuste et je le regrette maintenant, se dit-il encore. Mais j'étais furieux d'avoir dû, pour obéir aux ordres de Sa Majesté, sacrifier mon existence de joyeux célibataire. Je considérais Henriet et Caterina comme responsables de mon malheur. Pour moi, elles étaient... des ennemies, en fait ! »

— Avez-vous peur de la reine ? demanda soudain Caterina.

Il réfléchit un instant avant de répondre :

— Je la respecte, je l'admire, mais je ne la crains pas. Il faut dire que je la connais depuis toujours ! N'est-elle pas ma marraine ?

Il fit la grimace.

— Je ne suis cependant pas très heureux à la perspective de devoir lui avouer ce qui s'est passé à Istria !

— Je suis désolée de ce qui vous arrive.

Avec surprise, Caterina répéta :

— Oui, je suis vraiment désolée... Je ne m'attendais pas à vous dire cela un jour !

— Je m'aperçois que, dans la comédie que vous avez montée, je représente le méchant !

— Au début, vous l'étiez, affirma-t-elle.

— Et je le suis moins maintenant ? Aurais-je monté dans votre estime ?

La voyant hésiter, il insista :

— Dites-moi la vérité !

— Vous n'êtes pas du tout comme l'ogre que j'imaginais, déclara-t-elle enfin.

Il éclata de rire.

— C'est un début... J'espère pouvoir vous convaincre que je suis en réalité un ange.

— Vous n'en êtes pas un non plus !

Le duc riait toujours.

— Je n'en reviens pas : je ne m'ennuie jamais avec vous.

— Pourquoi dites-vous cela ? Serait-ce que, d'ordinaire, vous trouvez le temps long en compagnie d'une femme ?

— Très vite. Il faut dire que les pauvres n'ont pas grand-chose à dire ! Elles ne s'intéressent qu'à leurs toilettes, à leurs bijoux... Oh, à propos de bijoux, avez-vous apporté le collier que j'avais donné à Henriet ?

— Oui. J'ai même failli m'en parer hier, mais à la dernière minute, j'y ai renoncé car je craignais de vous mettre encore plus en colère.

— J'avais peur qu'il ne soit resté à Istria. Ce collier, l'un des préférés de ma mère, est dans la famille depuis plus de deux cents ans. Mettez-le donc ce soir !

— Avec plaisir. Il est très beau.

— Vous trouverez beaucoup de bijoux dans le coffre-fort de l'hôtel particulier des Dunlerton, à Londres. Et d'autres encore au château.

— J'ai hâte de voir vos domaines. Avez-vous de nombreux chevaux ?

— Je me flatte de posséder l'une des plus belles écuries de toute l'Angleterre. Aimez-vous l'équitation ?

— C'est mon sport favori. J'ai eu un poney alors que je savais à peine marcher.

— Nous monterons ensemble. Les chevaux... Voilà au moins un point que nous avons en commun.

— Je pense qu'il y en a d'autres.

Voyant que le duc en paraissait peu convaincu, elle déclara :

— Je sais que vous appréciez la lecture. Moi aussi !

— Vraiment ?

— J'ai lu le gros livre au sujet des Indes que votre valet m'a prêté.

— Mais il s'agit d'un ouvrage très ardu !

— Je l'ai trouvé passionnant. Oh, comme j'aimerais aller aux Indes !

— Vous parliez de la Grèce tout à l'heure. Maintenant des Indes... Moi qui adore les voyages, je n'ai encore jamais rencontré une femme les appréciant vraiment.

— Cela me semble incroyable ! Qu'y a-t-il de plus intéressant que d'aller à la découverte d'autres pays, d'autres cultures, d'autres civilisations ?

— C'est bien mon avis. Mais ces dames préfèrent danser, papoter dans les salons, ou encore dépenser des fortunes chez les couturiers de Bond Street.

Il enveloppa Caterina d'un regard songeur avant d'ajouter :

— Je vous emmènerai peut-être en croisière si vous cessez de me considérer comme un ogre.

— Je vous ai dit que ce n'était plus le cas !

— Il faut cependant que vous soyez prévenue : les voyages ne sont pas toujours confortables. Vous pouvez être amenée à monter une mule rétive au lieu d'un pur-sang !

— Cela m'est bien égal ! Je serais ravie de me promener à dos de chameau ou d'éléphant.

De nouveau, le duc éclata de rire.

— Vous êtes absolument imprévisible !

Le soir, en se retirant dans sa cabine, Caterina se dit que celui qu'Henriet appelait « l'horrible duc » était en réalité un homme extrêmement sympathique.

« Qui aurait pu penser cela ? se demanda-t-elle. Au fond, j'ai de la chance dans mon malheur ! »

Le voyage jusqu'à Gibraltar se passa sans histoires. Le temps se maintenait au beau et le soleil brillait sur la Méditerranée, qui avait plus que jamais mérité son surnom de « Grande Bleue ». Caterina pouvait rester pendant des heures debout à l'avant du navire pour voir l'étrave fendre les flots.

Le duc venait souvent la rejoindre sur le pont. Elle l'accueillait d'un sourire, heureuse d'avoir un peu de compagnie. Tous deux avaient des discussions passionnantes. Au grand étonnement de Caterina, ils trouvaient sans cesse de nouveaux sujets de conversation.

Le capitaine aurait voulu que l'escale à Gibraltar ne soit pas plus longue que celle de Brindisi, mais le duc s'y était opposé.

— Vous allez nous laisser le temps de descendre faire un tour à terre. Je tiens à montrer le « roc » à Son Altesse.

Le capitaine fut bien obligé de s'incliner.

— Bien, milord, fit-il sans enthousiasme.

— Vous n'aurez qu'à appareiller dès notre retour à bord.

— Bien, milord.

Le duc put donc emmener Caterina en ville. Ils flânèrent dans les rues commerçantes animées de cette enclave britannique située au sud de l'Espagne. Le duc tint à offrir à sa femme un châle chinois en soie somptueusement brodé ton sur ton de fleurs et de dragons. Ils montèrent ensuite sur les hauteurs de Gibraltar et donnèrent des cacahuètes aux singes qui vivaient en liberté dans les rochers.

— La légende dit que tant qu'il y aura des singes à Gibraltar, il y aura aussi des Anglais, dit le duc en riant.

— J'avais lu cela.

— Par moments, j'ai l'impression que vous avez tout lu !

— Oh, non ! Je sais bien peu de chose !

Pendant qu'ils étaient en ville, le duc avait donné des ordres pour que l'on achète des fleurs blanches en quantité. À son retour à bord, Caterina eut la surprise de découvrir d'énormes bouquets de glaïeuls et de lys dans le salon, tout comme dans sa cabine.

— C'est trop gentil ! s'exclama-t-elle. Maintenant, je me sens vraiment mariée !

Le duc l'enveloppa d'un regard qu'elle ne sut comment interpréter. Les battements de son cœur s'accélérèrent tandis que, sans raison, elle se sentait infiniment troublée.

Déjà, le *H.M.S. Endurance* quittait le port. Caterina courut sur le pont.

— Je vais essayer d'apercevoir les côtes marocaines !

— Par ce temps superbe, on devrait les distinguer sans peine.

C'était le cas. Ils purent admirer Tanger dans le lointain. Puis, peu à peu, les côtes s'estompèrent à l'horizon et il n'y eut plus que la mer.

— Quelle est notre prochaine escale ? demanda Caterina.

— Il n'y en aura plus.

— Comment est-ce possible ?

— Le capitaine a pris suffisamment de carburant pour aller jusqu'à Londres.

— Quel dommage ! J'aurais bien voulu m'arrêter à Lisbonne, à Bordeaux, à Nantes, à...

Le duc éclata de rire.

— Ce n'est pas de la navigation hauturière, c'est du cabotage que vous voulez faire !

— Je me demande pourquoi le capitaine est si pressé !

— Parce que, une fois arrivé à Londres, il devra repartir presque immédiatement pour Ceylan.

L'expression de Caterina se fit rêveuse.

— Ceylan ! L'île aux épices, l'île aux fleurs...

— Nous irons un jour, promit le duc.

Elle ne répondit pas. Maintenant qu'ils approchaient du but de leur voyage, elle sentait son inquiétude grandir. Que se passerait-il si la reine refusait d'admettre que le duc l'ait épousée, elle, plutôt qu'Henriet ?

Elle se posait mille questions :

« L'obligera-t-elle à me répudier ? S'arrangera-t-elle pour annuler ce mariage ? Alors je serai obligée de retourner à Theiss... Mon père sera furieux, le prince Adolphus aussi. Et il ne me restera plus qu'à aller m'enfermer dans un couvent ou à vivre recluse dans un coin du palais. Car il est évident qu'après un pareil scandale, plus personne ne voudra entendre parler de moi. »

Il faisait presque nuit quand ils remontèrent la Tamise. Caterina avait beau écarquiller les yeux, elle ne voyait pas grand-chose, à l'exception de quelques lumières. Celles-ci devinrent de plus en plus vives et nombreuses lorsqu'ils arrivèrent à Londres.

— Quels sont vos projets ? demanda Caterina au duc avec une certaine nervosité.

— Comme il est déjà tard, je pense qu'il vaut mieux passer la nuit à bord. Et demain matin, dès la première heure, je me rendrai au château de Windsor.

— Et... et moi ?

— Vous resterez à Londres.

— Je... je ne peux pas vous accompagner ?

— Non, il est préférable que je voie Sa Majesté seul. Vous attendrez mon retour à bord de mon yacht, qui devrait être amarré non loin de l'endroit où nous allons mouiller.

À huit heures, le lendemain matin, une superbe calèche tirée par quatre pur-sang noirs comme l'ébène s'arrêta sur le quai juste au moment où le duc et Caterina terminaient leur petit déjeuner.

— Ah ! Voilà ma voiture ! s'exclama le duc.

Le cocher était en livrée, tout comme le valet qui se tenait à l'arrière du véhicule.

« J'aimerais bien me rendre à Windsor en semblable équipage ! pensa Caterina. Quel dommage que le duc ne veuille pas de moi. »

L'angoisse qui la rongeait depuis plusieurs jours décupla. Au cours de ce voyage, elle avait appris à apprécier la compagnie du celui qui était devenu son mari – en nom tout au moins.

Mais à bord d'un bateau, ils étaient bien obligés de se retrouver à chaque instant. Maintenant que le duc avait retrouvé la liberté de ses mouvements, il en profitait pour s'éloigner… Et elle ne pouvait s'empêcher de penser que c'était un bien mauvais présage.

— Je vais vous conduire à bord de *l'Étoile Filante,* mon yacht, dit-il.

— Mes bagages…

— Ne vous inquiétez pas pour cela. Les hommes d'équipage s'en chargeront.

Le cœur lourd, Caterina fit ses adieux à tous les officiers supérieurs du cuirassé avant de se rendre à pied, en compagnie du duc, à bord de *l'Étoile Filante.*

Elle admira comme il convenait ce grand yacht tout blanc et élancé, certainement très rapide. Mais il était visible qu'elle faisait des efforts pour manifester de l'entrain. Sa voix était neutre et son regard demeurait terne.

Le duc lui adressa un coup d'œil surpris.

— Que vous arrive-t-il ?

— Rien.

— Vous semblez morose…

— Je me demande comment Sa Majesté va réagir.

Avec un sourire triste, elle murmura :

— Mais je serais bien mal venue de me plaindre ! Grâce à vous, je viens de faire un beau voyage. Et puis je vais découvrir Londres…

— Je vous ferai visiter la ville, promit le duc.

Caterina eut soudain l'impression qu'il s'agissait d'une promesse en l'air. Et elle eut envie de pleurer.

« Je suis sûre qu'il a envie de se débarrasser de moi ! » se dit-elle.

Cette impression se confirma lorsque, à leur arrivée sur le pont du yacht, le duc, après avoir présenté le capitaine à la jeune femme, ne se donna pas la peine de dire à ce dernier qui elle était.

« Il me renie déjà ! » pensa-t-elle avec désespoir.

La journée lui parut se traîner. Les heures s'écoulaient avec une lenteur désespérante. Comme on n'avait pas pensé à lui attribuer de cabine, elle passa une bonne partie de son temps sur le pont. De temps en temps, elle allait s'asseoir au salon. Mais elle préférait rester dehors pour suivre des yeux les bateaux qui montaient ou descendaient la Tamise.

Cependant, son regard revenait sans cesse sur le quai. C'était de là qu'était parti le duc, et c'était là qu'il reviendrait forcément.

Mais quand ?

Elle pensait qu'il serait de retour dans le courant de l'après-midi. Hélas, la journée s'écoula sans qu'il donne signe de vie. Son anxiété devenait de plus en plus tangible. Que se passait-il à Windsor ? La reine, folle de rage, avait peut-être ordonné au duc de s'occuper immédiatement de l'annulation de leur mariage ?

Un sanglot secoua Caterina, tandis que le désespoir l'envahissait. Pour la première fois, elle admit qu'elle ne voulait pas partir, qu'elle ne voulait pas quitter le duc…

« Je l'aime ! pensa-t-elle. Je ne sais pas comment c'est arrivé mais… mais je l'aime ! J'ai eu le temps de faire sa connaissance et de découvrir que c'était un homme exceptionnel. Oui, je l'aime ! Je l'aime de tout mon cœur et de toute mon âme. »

Hélas, il était évident que cet amour n'était pas payé de retour et que le duc n'avait jamais souhaité faire vraiment d'elle sa femme. Il s'était d'ailleurs soigneusement gardé de tout geste équivoque ! Par exemple, il ne lui avait pas une seule fois pris la main – a fortiori les lèvres. Et une fois arrivé à Londres, il avait été bien pressé de la quitter.

Caterina contempla l'anneau d'or qui étincelait à son annulaire gauche. Elle avait utilisé la ruse pour que le duc le lui passe au doigt. Comment un mariage établi sur de telles bases pouvait-il devenir solide ?

« Bientôt, il faudra que je lui rende cette alliance... »

À cette pensée, elle eut envie de s'effondrer, en larmes. Ce fut seulement au prix d'un terrible effort de volonté qu'elle réussit à se dominer.

Le duc ne rentra qu'à neuf heures du soir. Caterina était dans la salle à manger où un steward lui avait servi un excellent dîner dont elle avait été incapable d'avaler une bouchée.

D'un air morne, elle contemplait son assiette quand elle crut entendre son nom.

— Caterina ! répéta le duc.

Elle leva la tête et le vit sur le seuil.

— Vous ! s'écria-t-elle.

D'un bond, elle se mit debout et courut vers lui. Soudain, ses larmes coulaient librement sur ses joues.

— Que s'est-il passé ? Pourquoi êtes-vous resté absent si longtemps ?

Le duc l'enlaça et l'instant d'après, leurs lèvres se rencontraient... Le duc resserra son étreinte tandis que son baiser se faisait plus passionné. Lovée contre lui, les yeux clos, elle s'abandonnait à cette étreinte.

Enfin, le duc releva la tête.

— Tout va bien, mon amour. Nous allons pouvoir repartir...

— Re... repartir ?

— En voyage de noces à bord de *l'Étoile Filante.*

Éblouie, elle leva les yeux vers lui.

— Est-ce vrai ? Vous... vous ne me quittez pas ? La reine ne vous a pas obligé à annuler ce mariage ?

Il resserra son étreinte.

— Vous quitter, mon amour ? Jamais !

— Que... qu'a dit la reine ?

— Je lui ai tout raconté.

— Tout ?

— Toute la vérité. Elle sait qu'Henriet menaçait de se suicider et que vous lui avez sauvé la vie avant d'organiser sa fuite avec celui qu'elle aimait. Elle sait que vous l'avez remplacée à la cathédrale. Elle sait aussi que je ne me suis pas rendu compte de la substitution.

— Mon Dieu ! Vous lui avez dit tout cela ! Et quelle a été sa réaction ?

— Elle vous a trouvée très courageuse. Mais elle a jugé préférable de s'en tenir à votre version. Je serai donc censé avoir su à l'avance que j'épousais la princesse de Theiss et non celle d'Istria, pour la bonne raison que cette dernière s'était déjà mariée secrètement.

— Cela vaut mieux...

— C'est ce que pense Sa Majesté. Elle vient d'envoyer des messagers à Theiss et à Istria afin d'inviter votre père et le prince Adolphus à venir au château de Windsor. Elle leur expliquera elle-même ce qui s'est passé.

— Vraiment ? s'écria Caterina qui ne s'attendait certainement pas à recevoir l'appui royal. Sa Majesté est donc notre alliée ?

— Tout à fait. Elle a admiré votre présence d'esprit et je suis sûr qu'elle vous félicitera quand vous la rencontrerez, au retour de notre voyage de noces.

— Où... où m'emmenez-vous ?

— Où vous voulez. En Grèce, aux Indes... à Ceylan !

— Je n'ose y croire ! C'est trop de bonheur...

— Oui, c'est trop de bonheur.

Après avoir effleuré les lèvres de la jeune femme d'un baiser aussi léger que l'aile d'un papillon, le duc avoua :

— Je vous aime, Caterina. Je crois bien que je suis tombé amoureux de vous le soir où je vous ai entendue m'annoncer avec autant d'aplomb que de panache que vous aviez remplacé votre amie.

Il eut un rire tendre.

— Vous étiez prête à affronter la colère de l'ogre... prête à tout, même à être jetée sans cérémonie par-dessus bord !

— Au lieu d'un ogre, j'ai appris à connaître le plus merveilleux des hommes !

Caterina leva vers le duc un regard plein d'adoration.

— Je vous aime, dit-elle simplement.

AVENTURES & PASSIONS

1er juillet

Sabrina Jeffries

Les hussards de Halstead Hall* - 5 - *Lady Célia

Inédit

Lady Célia doit se marier avant la fin de l'année, sinon toute la fratrie sera déshéritée par leur grand-mère. Par chance, trois prétendants se manifestent, et elle demande au détective Jackson Pinter, qui enquête sur le décès de leurs parents, de s'assurer de l'honnêteté des trois hommes. Or Jackson est bien décidé à s'opposer à ses projets, car le seul homme qu'il veut qu'elle épouse, c'est lui.

✦

Eloisa James

Les duchesses* - 2 - *Le couple idéal

Inédit

C'est lors d'une fête de Noël que lady Perdita Selby a rencontré le duc de Fletcher. Leur mariage fut inoubliable. Quatre ans plus tard, leur couple suscite toujours l'envie, mais derrière les portes closes l'éclat de leur amour s'est éteint. Peu désireux de perdre la femme qu'il désire toujours, le duc est déterminé à regagner son amour.

✦

Julie Garwood

Secret* - 1 - *Le secret de Judith

Au XIIIe siècle, la guerre fait rage entre l'Angleterre et l'Écosse. Mais Judith l'intrépide tiendra sa promesse et ira assister sa meilleure amie pour son accouchement. Elle part donc dans les Highlands escortée par des soldats écossais qui la considèrent comme une ennemie. Ian, leur chef, admire le courage de la jeune fille et se laisse séduire par son charme. C'est décidé, il la gardera, qu'elle le veuille ou non.

✦

Leda Swann

Les sœurs Clemens - 2 - Un modèle de charme

Inédit

Après le décès de son père, Emily est devenue enseignante. Un après-midi, elle rencontre un photographe qui lui propose de devenir son modèle. Pourquoi ne pas accepter ? Bien sûr, il est hors de question qu'elle donne sa vertu au premier venu, surtout pas à cet artiste sans le sou. Expérimenter son pouvoir de séduction, en revanche, peut être amusant.

8 juillet

Joanna Bourne

Le maître du secret

Inédit

Marguerite de Fleurignac est en fuite, déguisée en gouvernante. Sans le sou, seule, traquée par des fanatiques, elle tombe sous la coupe d'un fascinant étranger. Impossible que ce géant soit le marchand de livres qu'il prétend être. Pour quelle raison risque-t-il sa vie pour la sauver ? Ses secrets seraient-ils aussi lourds à porter que les siens ?

✦

Katharine Ashe

Trois sœurs et un prince - 2 - J'ai adoré un lord

Inédit

Ravenna est la plus jeune des trois sœurs Caulfield. Invitée à une fête donnée en l'honneur du prince portugais Sebastao, elle y rencontre lord Courtenay. Lorsqu'un meurtre est commis, ils ne songeront qu'à s'unir pour trouver le coupable.

✦

Mary Reed McCall

Les chevaliers de l'ordre du Temple - Tentations

Richard de Cantor; chevalier de l'ordre du Temple, échappe aux soldats de Philippe le Bel et rentre à Hawksley. Il y retrouve son épouse Aliénor, devenue folle, et Meg Newcomb, qui le rend responsable de la démence de sa cousine. Peut-être n'a-t-elle pas tort ? Richard s'en est toujours voulu du drame qui s'est déroulé cinq ans plus tôt. C'est pour expier qu'il est parti, mais sa vraie pénitence est la passion interdite qu'il nourrit pour Meg.

Passion intense

1er juillet

J. L. Mac

Jusqu'à toi - 2 - Délivrée

Inédit

Depuis le décès de ses parents, Jo a vécu une enfance des plus chaotiques. Sa seule volonté a toujours été de mener une vie libre, sans aucune contrainte. Mais les choses ont changé le jour où elle a rencontré Damon, ce garçon qui l'a bouleversée, lui a appris ce qu'étaient le désir et l'amour. Partagée entre un passé rassurant qui la tiraille et un avenir prometteur qui l'effraie, Jo est dévastée. Sa passion pour Damon lui permettra-t-elle de délaisser ses démons ?

PROMESSES

1er juillet

Lisa Kleypas

La saga des Travis - 2 - Bad Boy

Une rencontre brève et intense avec un inconnu au regard inoubliable qui se révèle être Hardy Cates, l'ennemi de sa famille. Un mariage contracté contre la volonté paternelle qui vire au cauchemar. Un parcours semé d'embûches pour se reconstruire... Bien qu'héritière d'un richissime magnat du pétrole, Haven Travis collectionne les difficultés. Heureusement, l'existence offre parfois une seconde chance. Mais, en misant sur Hardy Cates, le Bad Boy ambitieux, Haven ne joue-t-elle pas un jeu dangereux ?
Car, sous ses dehors policés acquis au contact des puissants, cet homme est pareil à un fauve blessé, sauvage et dangereux. À moins qu'il ne se laisse apprivoiser ?

8 juillet

Kim Law

Surprises à Sugar Springs

Inédit

Lee Ann avait de beaux projets : de belles études, trouver l'amour, fonder une famille... Mais sa sœur meurt d'un cancer foudroyant, lui laissant la charge de ses deux petites jumelles dont le père a disparu. À Sugar Springs, cette petite ville du Tennesse où tout le monde se connaît, Lee Ann fait face et élève ses filles. Et cette vie qu'elle n'avait pas imaginée lui convient parfaitement. Jusqu'au jour où, treize années plus tard, Cody, qu'elle aimait mais qui l'a trahie, revient à Sugar Springs. Cody, le bad boy, qui n'est autre que le père des jumelles...

Et toujours la reine du roman sentimental :

Barbara Cartland

« Les romans de Barbara Cartland nous transportent dans un monde passé, mais si proche de nous en ce qui concerne les sentiments. L'amour y est un protagoniste à part entière : un amour parfois contrarié, qui souvent arrive de façon imprévue.
Grâce à son style, Barbara Cartland nous apprend que les rêves peuvent toujours se réaliser et qu'il ne faut jamais désespérer. »

Angela Fracchiolla, lectrice, Italie

Le 1er juillet
Les méandres de l'amour

6141

Achevé d'imprimer en Italie
par GRAFICA VENETA
le 6 mai 2015

Dépôt légal : mai 2015
EAN 9782290113257
L21EPSN001413 N001
1er dépôt légal dans la collection : février 2002

ÉDITIONS J'AI LU
87, quai Panhard-et-Levassor, 75013 Paris

Diffusion France et étranger : Flammarion